モンハン日記

ぽかぽかアイルー村

やってきました、ぽかぽか島!!

相坂ゆうひ・作
マーブルCHIKO・絵

角川つばさ文庫

もくじ

ツッコミ修行中の
主人公。力持ちで
運動神経バツグン。

ピンク

いつも元気な
菜園家のアイルー。
ココアと仲良し。

自慢をよくするけど、
じつは気が
小さい。

ポンズ

モンニャン隊の
アイルー。
のんきでドジ。

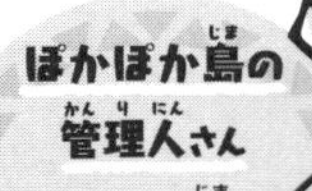

ぽかぽか島を
管理している。島の
テント前によくいる。

ココアたちが
くらす村で長屋の
管理をしている。

プロローグ

荒れ狂う波の向こうに、黄色く光るふたつの眼があった。

空は厚い雲が覆い尽くし、遠く稲光が走る。昼だとは思えない暗さの中に、鋭い咆哮が響き渡った。

黒い波の間から、巨体が垣間見える。固いウロコに包まれた背中、棘のように並んでいる背びれ、そこから続く長い尻尾……波を支配しているかのように自在に海上に現れ、また消える。

ひときわ大きな稲妻が瞬いたそのとき、波間から大きな頭がゆらりと現れた。海を裂くように巨大な顎が開き、鋭い牙がぎらぎらと光る。

なんとまがまがしく恐ろしい姿……！

その巨大な姿の前では、アイルーなど塵にも等しい。みな恐れをなして逃げ出した。

だが。

一匹のアイルーだけが、その場に残っていた。

その小さな小さな身体で、巨大なモンスターと対峙するために……!!


「すごいですニャ！　手に汗握りますニャ!!」

話を聞きながら、ココアはわくわくっ。大きな目をきらきらさせて、ネロの話に聞き入っている。

「そーだろ、そーだろ？　荒れ狂う波、瞬く稲妻、巨大なモンスターを前にし、ただ一匹でオレは……」

「ただ一匹で、ネロさんは!?　わくわくっ」

「どこにいたわけニャ？　荒波ざっぱ〜〜んの海の上にいたわけニャ？　泳いでたのニャ？」

ツッコミを入れるのはピンク。ネロは「うっ」と詰まる。

「それもそうですニャ。荒波の中を泳いでたんですかニャ？」

「い、いや、そうじゃない。船にいたんだ」

「他の仲間たちはみんな逃げたって言ったニャ？　どこに、どうやって逃げたのニャ？

同じ船に乗ってるんじゃニャいのニャ？」

「そ、それは……え、えっと、そうそう、同じ船にいるんだけど、みんな船底に隠れちまったんだ。モンスターに立ち向かったのはオレ一匹だけって意味さ」

「すごいですニャ！　ネロさん、勇敢ですニャ！」

「え〜、でも、同じ船にいたんなら、『一匹だけ』ってのはチガウんじゃニャい？　船底にいる仲間たちが助けに来るかもニャ。逃げたんじゃニャくて、ニャにか道具を取りに行ったのかもニャ」

「みんなで協力して目的を果たすんですニャ。小さなアイルーも、知恵と勇気で巨大モンスターに立ち向かえるんですニャ！」

「い、いや、そーゆー話じゃなくてだな……」

「いい話ですニャ」

と、のどかにのんきにココアたちが話しているここは、実は船の上だったりする。

アイルーたちが平和にぽかぽか暮らしている「これからの村」……を離れて、ちょっと遠くまで。

「お話、終わりました？　お茶にしません？」

管理人さんがにこやかにカップを差し出してくる。甲板の上にかわいいシートを広げて、すっかりピクニック気分。

「します、しますニャ♪」

「ありがとうニャ」

「いやいやいや、終わってないから！　オレの活躍はこれからだから！」

「てことで、ネロはお茶いらニャいって」

「そうなんですか」

「いや、いるって！　いるけど！」

「お茶、おいしいですニャ〜〜」

旅の空の下、海の上だっていうのに、ココアたちはなにも変わらない。相変わらずのゆるさとのんきさ。

　この小さな船に乗っているのは、ココア、ピンク、ネロ、管理人さんの四匹だけだ。船はぱんっと白い帆を張り、風を受けてすいすい進んでいる。

「はー……、ほっこりしますニャ」

　ココアはしみじみと言う。ココアは自分を「ちょっとのんきでちょっとドジ」だけど、あくまでもふつうのアイルーだと思っている。

　ごくふつうのアイルーだと思っているからこそ、ふつうでないわくわくする話が大好き。知らない土地へ行って知らないものを見たり聞いたりするのも大好き。

「だからさ〜、聞けよオレの話！　海竜を倒

したことのあるこのオレの冒険譚！　ある謎の巨大モンスターと遭遇したときの話を今してるわけだ、聞きたいだろ？　な？　な？」

船乗り帽をかぶったアイルー、ネロはさっきから必死だ。機嫌良く語ろうとしても、

「その海竜を倒した話自体、五百回は聞いたニャ。ニャんか聞くたびに話の内容が変わっているのは、気のせいかニャ～～？」

と、ピンクがツッコミを入れるもんだから。

「ぎくっ」

「ニャんか、どんどん話が大きくなってるよーな気がするのは、ピンクちゃんだけかニャ？」

ピンクはお花が大好きなかわいいアイルー……なんだけど、性格はけっこうスパイシー。ツッコミの鋭さは村いちばん。

「え、話の内容変わってましたかニャ？」

「そ、それはだな～、えっと、話しているうちにいろいろと思い出すからだよ、うん」

「なるほど、そういうことってありますニャ」

「はいはいはい、そーゆーこともあるニャ、たしかに。お茶おいしいニャ～」

「おかわりいかがですか？」

にこにこ穏やかにティーポットを持って微笑んでいるのは、「これからの村」の長屋の管理人さん。バンダナとエプロンがトレードマークのやさしいお姉さんだ。

「管理人さん、ティーセットまるまる持ってきたのニャ？」

「はじめての船旅ですから、張り切っちゃいました。長屋の管理はおじいちゃんに任せてきたし……」

「長老、大丈夫かニャ～」

「少しは働いてもらわないと！　いくら言っても毎日ぐーたらするばっかりで、なんにもしないですから。わたしがいなくなれば、嫌でも働かざるを得ないから、なんとかやってるんじゃないですか？」

管理人さんは村の長老の孫にあたる。長老は文字通り村でいちばんの年長者、ほんとうなら村でいちばんえらいはずなんだけど……。

「ぐーたらだからなー、長老は」

「それで管理人さん、わざと今回の旅に参加したニャ？　長老のお尻を叩くためつに？」

「そんな、考えすぎですよ。みなさんと旅行がしたかっただけです」

管理人さんはにこにこ笑う。

「でも管理人さん、モンニャン隊にはあんまり興味ないんじゃないですかニャ？」

ココアたちが向かっているのは、ぽかぽか島だ。

そこには、人間のハンターにお供をしてモンスターの狩猟などをお手伝いするオトモアイルーたちや、ハンター抜きのオトモアイルーたちだけで狩猟に出かけたりするモンニャン隊がいる。

オトモアイルーやモンニャン隊に会うため、「これからの村」から行きやすいということでぽかぽか島へ行くことになった。

「まあな、モンニャン隊にわざわざ会いに行かなくても、目の前にオレという勇敢なアイルーがいるからな〜。でも、モンニャン隊に会えば、オレの話が嘘でも大袈裟でもなく、本当にありえることなんだって、よーっくわかると思うぞ〜。実際にモンスターを狩猟したりするアイルーがいるってことだからなー」

「はい、とても楽しみです。ぽかぽか島はきれいな海に囲まれた、のどかなところなんですってね。交易家のアリアさんに聞きました」

「おいしいお料理もあるはずですニャ。ごっくん。楽しみですニャ」

「だからさ、話戻そうよ。このオレが海で謎の巨大モンスターと出会ったときの話してたんだよ、おぼえてる？　ええっと、ひときわ大きな稲妻が瞬いたそのとき、波間から大きな頭がゆらりと現れた……。それは、近海を震え上がらせていたひとつ目の巨大モンスターだった！」

「ひとつ目の巨大モンスター！　こわそうですニャ！」

「ニャハハ。さっきはふたつの眼って言ってたけどニャ〜」

「海を裂くように巨大な顎が開き、鋭い牙がぎらぎらと光る。他のアイルーたちはみな逃げ出し、甲板にはこのオレだけが残った……!!」

　ピンクのツッコミを無視して語るネロに、思わずココアたちは釘付けになる。

「……え……？」

「あれ……？」

「どんなおそろしいモンスターにも、一歩も引かない。誰よりも勇敢なこのネロ様が……」

「あらまあ……」

正確には、ネロの後ろ。

船の外、海面が大きく盛り上がっている。そこでなにか、ぎらりと光ったような？

「ん？　なんでお前ら後ろに下がってんの？　ちゃんと聞けよ、いいところなんだから。現れた巨大モンスターに、このオレは……」

「出た～っ」

「巨大モンスターですニャ～～!!」

「みなさん、逃げてください～～！」

「……え？」

事態が飲み込めていないのはネロのみ。ココアたちは頭を抱えて甲板に丸まった。その上を、黒い影がざっぷ――んと通り越していった。

「な、なに？　なんだって？」

背後から水しぶきをかぶったネロは膝をついてキョロキョロ。

「モンスターが出ましたニャ！　ネロさん、やっつけてくださいニャ！」

「……えええっ!?　マジかよ？」

「お願いしますネロさん！」

「ひとつ目のモンスターほど大きくニャいニャ、あとはお願いニャ！」

「むむむ無理言うなよ！　んなことできるわけないだろ!?」

さっきまでの自慢話はどこへやら、ネロもココアたちと一緒になって逃げ惑う。黒い影はざっぱーんざっぱーん、ココアたちの小さな船の上を飛び越していく。

「どうして無理なんですかニャ？　もっとはるかに大きくてこわいモンスターを倒したんですニャ？」

「え、えっとえっと、あ、さっきこけたときに脚をくじいたみたいだ。この脚じゃどうすることもできない……！」

「そのわりには元気に逃げ回ってるニャ」

影が飛んでくるたびにココアたちは、せまい甲板の上を右に左に全力で移動。影は、今は船を飛び越して反対側にざぶんと着水しているけど、いつ甲板の上に降りてくるかわからない。どんなモンスターかわからないけど、体当たりされたら船が沈んじゃうかもしれないし？

「いつまでも、逃げてばかりじゃダメですニャ！」

ココアは決意してむくっと顔を上げた。

ココアは「これからの村」の村長見習い。なにかあったとき、みんなを守るのはココアの役目。ココアはごくふつうのアイルーにすぎないから、モンスターに勝つことはできっこないけど、それでも、逃げてばかりはいられない。

ココアは甲板の上にきりっと仁王立ちした。モンスターが着水した方を向いて、身がまえる。

「ココア？」

「ココアさん、あぶないですよ！」

「みんなはわたしの後ろに隠れてくださいニャ」

またも水面が盛り上がったかと思うと、そこから黒い影が飛び上がった。

「ええいっ!!」

飛んでくる影に、パンチ一発。その場でジャンプしてぶちかまし！

「おおっ」

「さすがココアニャ！」

黒い影はココアにぶっ飛ばされて、波間にぼちゃんと落ちた。

自分ではごくふつうのアイルーだと思っているココアだけど、実はものすごい怪力の持ち主だったりする。自分の身体くらいの大きさのモンスターなんか、怪力一発……あれ？

「モンスター？」

「……じゃないですね」

波間に落ち、一旦沈んでまた浮かび上がってきた影は……魚のようだった。

「大きなお魚ですニャ」

「へええ。さすが遠い海、あんな魚もいるのニャ」

その魚は、船とは別の方向へ、またざっぱんと飛び上がりながら去っていった。

「こわいモンスターの話を聞いていたせいですニャ、お魚もモンスターに見えちゃいましたニャ。恥ずかしいですニャ」

頭の上を何回も跳んでいたんだもの、ちゃんと見ればわかったはず。

「なーんだ、モンスターじゃないのかよ〜、おどかすなよ〜」

「あ、ネロさん、脚のケガはどうですかニャ？」

「え、あ、いてて。うん、痛いぞー」

ネロはあわてて座り込み、脚を押さえる。なんか、さっきと違う方の脚を押さえているような気もするけれど、ココアはもちろん気づいていない。

「大変ですニャ？　手当しなきゃですニャ」

「こんなことなら、アリアさんに気球を出してもらえば良かったですねぇ」

「ニャハハ。ネロが絶対船がいい、って言い張ったからニャ」

「だ、だって、やっぱり海の男はだなー……」

「あー、はいはい」

四匹の乗る船は、それでもすいすい進んでいる。空は快晴、風は追い風。とっても平和な海の旅。

「ねえねえ、ニャんか見えるんですけど？　あれって……」

「どれどれ、オレにまかせな」

ネロはここぞとばかりに船乗り道具の望遠鏡を出してのぞき込む。

「ネロさん、なにが見えますかニャ？」

「あれは……」

「もったいぶらニャくても、肉眼で見えるニャ。小さな島ニャ」

そう。

青い波の向こうに島が見える。あれこそが、ココアたちの目的地。

「ぽかぽか島が見えたぞ〜〜!!」

1 やってきました、ぽかぽか島

「ここに停めていいですかニャ～～？」

「どうぞニャ、このロープを使うといいニャ」

ぽかぽか島の栈橋に船を停めると、近くにいたアイルーが手伝ってくれた。

「船の扱いならオレにまかせろ。よっ、と」

ネロが器用にロープを使って船を栈橋に固定する横から、ココアたちは島に上陸。ついにぽかぽか島だ！

「着きましたニャ～～！」

「やっほ～、はじめての島ニャ」

「やっぱり地面が脚の下にあるのはいいですねえ」

にぎやかに声を上げるココアたちに、ロープを投げてくれたアイルーが話しかけてきた。

「ようこそぽかぽか島へ。どこから来たのニャ？」

「『これからの村』ですニャ。まだ小さいけれど、これからどんどん大きく楽しくなっていく村なんですニャ。ぽかぽか島には一週間お世話になる予定ですニャ」

　ココアたちの「これからの村」は、未来への希望を込めた名前の村なんだ。

「へええ、きっといい村なんだろうニャ。この島もお隣のチコ村もいいところニャ、ゆっくりしていくといいニャ。ボクはポンズっていうニャ」

「ご丁寧にありがとうございますニャ。わたしはココアですニャ。バカンスにいい島だと仲間に聞いてましたし、なによりも、この島にはモンニャン隊という、アイルーだけでモンスターを狩猟したりする勇敢なアイルーがいると聞いてきましたニャ」

「へぇえ、モンニャン隊の見学に？　それは照れるニャ」

「というと、ひょっとしてポンズさんって……」

「一応、モンニャン隊でがんばってるニャ」

「噂のモンニャン隊のアイルーさんですニャ！　握手してくださいニャ」

「あ、これはどうも……ボクなんかまだまだなりたてのオトモアイルーだし、ボクより強いオトモアイルーはいっぱいいるし、ボクなんかと握手しても……あ、キミも握手？　うん、仕方ないな……照れるニャ」

そう言いながらもポンズはなんだかすごくうれしそう。にっこにこで、ココア、ピンク、管理人さんと握手した。けっこうお調子者なのかも？

「よろしくニャ、あたしはピンクニャ」

「はじめまして、『これからの村』の長屋の管理人をしてるので、『管理人さん』って呼ばれてます」

「管理人さん？」

ただ、管理人さんと握手したとき、ポンズは「ふにゃ？」と首をかしげた。

「はい、管理人さんです」

「……そうなんだ、管理人さんなんだニャ」

「管理人さんがどうかしましたかニャ？」

「あ、実は……」

ポンズはなにか言いかけたけど、

「待たせたな、オレはネロ。海竜を倒した男だ、よろしくな」

船をつなぎ終えたネロが追いついてきたので、話を変えたみたい。

「……えっと、まず、島の管理人さんに挨拶するといいニャ。島の真ん中のテントの向こう側にいるはずニャ」

「この島にも『管理人さん』って呼ばれてるアイルーがいるんですニャ？　ご親切にどうもですニャ」

ココアたちは手を振ってポンズと別れた。道案内は必要ない。ぽかぽか島には森や山などがなく、全体をひとめで見渡せた。

「小さくてカワイイ島ニャ。白い砂浜の真ん中にテントがあって、まるでお菓子みたいニャ」

「お菓子！　わかりますニャ。砂浜の周りを囲んだ桟橋の板が、ビスケットみたいですニャ。……ごくり」

小ささに反して島には、とてもたくさんのアイルーたちがいた。思い思いにくつろいでいたり、なにやらトレーニングをしていたり。

「なんだかみんな、素敵な服を着てますニャ」

「あ、あの服カワイイ。いいニャ〜〜」

ココアとピンクはキョロキョロわくわく。

「そういえばポンズさん、わたしを見てなにか言いかけてませんでした？」

と、管理人さん。

「言いかけてたニャ。ネロが現れたせいで、話変わっちゃったけど」

「なんだよ、オレのせいかよ〜〜」

「っていうかネロ、脚の具合はいいのかニャ？」

「え？　脚？　……あ、脚か、そ、そういえば、うん、なんか治ったみたいだなー」

「もう痛くないんですかニャ？　良かったですニャ」

「ほんとー、良かったニャー」

「ピンクさん、なんか棒読みですね」

なんて話しているうちに、島の中央にあるテントまで来た。えっと、島の管理人さんは、このテントの向こう側にいるんだよね？

「島の管理人さんってどんなアイルーですかニャ」

「いかめしいおじいさんかもしれニャいニャ」

そしてココアたちは知ることになる。さきほどのポンズの、反応の意味を。


「ぽかぽか島へようこそ！　わたしはこの島でみんなのお世話をしてますのニャ。みんなからは『管理人さん』と呼ばれていますわニャ」

ぽかぽか島の管理人さんは、ココアに声を掛けられ、とてもにこやかににぎやかに振り返った。

その姿ときたら。

「あら？」

「あらあらあら！」

いちばんに反応したのは、管理人さん。そして島の管理人さんも同じように声を上げた。

管理人さんと、島の管理人さんは、手と手を合わせるようにして、互いの顔をのぞき込んだ。

「なんだかわたしたち、似てますね」

「というか、そっくりですわ！」

バンダナにエプロン、顔立ちだってそっくり！　呼び名も同じ「管理人さん」だなんて！

島の管理人さんは手にホウキを持っているけど、村の管理人さんだって「これからの村」にいるときは、大抵ホウキを持っているし。

「服装が同じなのはうなずけますわねニャ」

「ええ。このバンダナとエプロンは管理人の仕事に最適ですもの」

「仕事が同じなら、服装が似ちゃうのはよくあることですわニャ」

たとえ住む場所が違っても、パン屋さんはパン屋さんの格好をしているから、自然と同じような格好になるよね。それと同じ。

「にしても、なにからなにまでそっくりですニャ」

ココアも思わず溜息。

「鏡を見ているみたいですね」

「鏡ごっこしましょうニャ」

二匹の管理人さんたちは、とても楽しそうだ。向かい合って同じ動きをしたりして、本当に鏡を見ているみたい。

「さっきポンズが首をかしげてたのは、管理人さんたちのそっくりさんぶりに驚いたからだったのニャ」

「そういうポンズだって、毛並みの色はココアと同じだったぞー」

「ニャ？」

自分に話が振られて、ココアは首をかしげた。

「よくある毛並みですからニャ」

ココア色とミルク色のツートンカラーは、アイルーとしてありふれた毛並みだ。だから毛並みのことは、ネロに言われるまで気になっていなかった。それよりポンズが特徴的だったのはなんといっても。

「あたしは、毛並みよりも服に注目してたニャ。ポンズ、ニャんかすごくかっこいい服着てたニャ」

ピンクが言う。ココアも思いきりうなずいた。

「着てましたニャ。わたしも、服に目が行きましたニャ」

ポンズは大きなつばのある帽子をかぶり、その帽子とおそろいのジャケットを着ていた。

「でも、ポンズと同じ服を着たアイルーを他にも見かけたニャ」

「わたしたちの村ではいろんな服を着てますが、この島ではおそろいを着たアイルーたちもいますニャ」

「仲良しはおそろいを着るのかニャ？」

「みんな仲はいいけど、それでおそろいを着ているというわけではありませんわニャ。ハンターさんのお供をしたり、モンニャン隊に参加するために着ているんですの。ファッション性だけでなく、防御に優れていたりといった特徴がありますのニャ」

「デザインだけじゃニャいんだニャ、チョーヤバイ！」

「すごいですニャ！」

おしゃれに興味があるピンク、好奇心いっぱいのココアの目が輝く。ココアたちが着ている服には特別な特徴なんかないもの。

「それって、モンニャン隊に参加したら、あたしたちもああいう服を着られるってことニャ？」

ココアたちはモンニャン隊に会いに来ただけであって、自分たちがモンニャン隊になることは考えていなかった。でもでも、あの素敵な服を手に入れられるのがモンニャン隊だとすれば、ここはもう……！

「まずはモンニャン隊としてみんなのお願いを聞いて出かけて、そこで端材を手に入れる必要がありますわニャ」

「端材？」

「皮とかウロコとか、モンスターが落とすモノですわニャ。それを使ってああいった装備を作るんですわニャ」

「カルチャーショックですニャ！　モンスターの端材から装備を作るなんて！」

ココアは思わず叫ぶ。「カルチャーショック」というのは、驚いたときのココアの口癖だ。

「えっと、ただの服じゃなくて防具……オトモアイルーは装備って言うんですニャ。装備って言葉もなんかかっこいいですニャ。わたしもかっこいい装備を着てみたいですニャ！」

「あたしもカワイイ装備着たいニャ〜〜！」

ココアとピンクはわくわくっ。これはもう、なにがなんでも、モンニャン隊に参加しなければ！

「大きなモンスターの端材ほど作れる装備も防御に優れている。その装備を着たら、もっと怖くて大きなモンスターだってへっちゃら。ま、そういうことだなー」

島の管理人さんの説明に、ネロが物知り顔で付け加える。

「じゃあネロさんも端材を使ったかっこいい装備を持ってるんですかニャ？」

「もちろんだ、オレを誰だと思ってる。すっげーかっこいいやつを持ってるぞー」

「わくわくわくっ。ぜひ見せてくださいニャ」

「えっ。……あー、残念だなー、村に置いて来ちゃったな〜、ほんとに残念だ。すっげーかっこいいやつだったのに」

「それはほんとに、チョー残念ニャ」

「ピンクさん、なんだか棒読みですよ？」

「そんなことニャいニャ。……っていうか、ピンクちゃんがボケてもココアはちっともツッコミ入れてくれニャいニャ」

わざと棒読みしゃべりをしても、突っ込んでくれるのは管理人さんばかり。

「ニャ？　なにか突っ込むところだったんですかニャ？」

ココアは首をかしげる。

ココアはツッコミ修行中の身だ。心の機微を読み会話のリズムに乗ってツッコミを入れる……これはココアにとって困難な課題。いつまでたっても上達しない。

「お笑いの道はきびしいですねえ」

って、なんの話をしているやら。

「それより、島を見て回るニャ！」

「わたし、おなかがすきましたニャ」

「それならそこの桟橋から、チコ村へ行くといいですわニャ。チコ村には今、ちょうど腕自慢の料理長が来ていますわニャ」

島の管理人さんに教えてもらい、ココアのおなかはさらにグーグー。おいしいごはんを食べて、それからいろいろ見て回るんだ。

「行きましょうニャ！」

ココアたちの旅行は、はじまったばかりだものね。

2 モン・ニャン隊に入りたい！

お隣のチコ村は、白い砂浜にいくつもの屋台がつらなった、にぎやかなところだ。

なかでもキッチンの充実ぶりは見事。キャラバンなのに数々の調理器具や道具が並び、料理長が一匹、器具の間を軽やかに走り回って料理をしている。

「さあさあ、私の自慢の飯を食ってくニャル！」

次々と出てくる料理に、ココアもみんなも大喜び。

「いろんなものが売ってるんですね」

おなかいっぱい食べたあとは、村の中を見て回る。

「管理人さん、長老さんへのおみやげさがしますニャ？」

「いいえ、おみやげ話をいーっぱい聞かせて、うらやましがらせちゃいます」

「あ、それイイニャ〜〜、あたしもそうするニャ」

雑貨屋さんもあれば、武器を扱っている店もある。めずらしいものを取りそろえた旅の商人も店を出している。

「おお、鍛冶屋もあるぞー。やっぱいい音だな、金物を打つ音って。どんな業物が出来上がるのか……オレの冒険野郎なハートに響くぜ」

「鍛冶屋さんじゃなく、加工屋さんっていうらしいですニャ」

ココアたちの村にはないものがいっぱい。

チコ村の村長さんをはじめ、いろんなアイルーたちともおしゃべりし、ココアはひたすら「すごいですニャ！」と興奮。なにもかもがめずらしくてわくわくする。

「ぽかぽか島とチコ村、お隣同士で簡単に行き来できるのがいいですね」

「両方楽しめますニャ」

「で、モンニャン隊がいるのは島の方ニャ？」

チコ村を満喫したあと、ココアたちはまたぽかぽか島に戻ってきた。こちらは島の真ん中にテントがある以外、建物はない。でもその周囲をぐるりと囲む形で、アイルーたちが

イキイキと過ごしている。

「ねえねえ、あれってニャにかニャ。あたしさっきから気になってたニャ」

ピンクが指すのは、片側の桟橋の上にある装置だった。

「ネロさんは物知りさんですが、あれがなにかわかりますかニャ？」

「えー、なんだろ。どっかで見たような気もするし、知ってるような気もするけどなー」

「つまり知らニャいってことニャ？」

装置のある桟橋には、アイルーたちが数匹集まって、なにやら一心にロープを引っ張っている。

「あ、ロープには網が付いてますニャ」

そして、網の中には魚がたくさん。

アイルーたちは「よいしょ!!」と力を合わせて、網を桟橋に引き上げた。

「あ〜〜、あたしわかったニャ！　あの装置は魚を捕る装置なんだニャ！」

ピンクが声を上げたとき、

「投網マシーンを見るのははじめてなのニャ？」

後ろから、のんびりとした声が掛かった。

「あ、ポンズさん」

さっき話したアイルー、ポンズだった。

「投網マシーンっていうんですかニャ。あの装置から、網が発射されるんですニャ？」

「そうニャ。ハンターさんが投網を放ったあと、ボクらがああやって網を引き上げるのニャ。見たことないってことは、ココアの村ではどうやって魚を捕ってるニャ？」

「釣り師さんたちが一匹ずつ釣ってますニャ」

「一匹ずつかぁ。それは大変だニャ」

引き上げられた網の中には、山ほど魚が掛かっていた。

「でも、うちの村の釣り師さんたちは、こだわりをもって釣ってますからねえ。たぶん、一匹ずつ釣ることに意味があるんですよ」

管理人さんはおっとりと語る。ポンズも感心したようにうなずいた。

「なるほどニャ。職人技ってやつニャ。……それで、島の管理人さんには会ったニャ？」

「会いました。わたしたち二匹とも、あんまりそっくりなんで、驚いちゃいました」

「うんうん、口で言うより、会ってもらった方が早いと思ったニャ」

いやほんと、びっくりしたって！　ココアたちも口々に言う。でも、先にポンズに説明されるより、実際に見た方がインパクトあったから、言わずにいてくれたのはかえって良かったよね。

「それで、もう島は見て回ったニャ？」

「チコ村を一通り回って、ごはんも食べてきましたニャ。いつでもモンニャン隊として狩りに行けますニャ！」

ココアは胸を叩くけれど、ポンズは「ふにゃ？」と首をかしげた。

「モンニャン隊に入るつもりだったのニャ？　モンニャン隊のアイルーに会うだけじゃなくて？」

ポンズは驚いているようだけど、話し方がのんきそうというか、のんびりしているので、驚きは伝わってきにくい。管理人さんを見て驚いていたはずのときだって、「ふにゃ？」と首をかしげるだけで、声を上げたり騒いだりしなかったし。

「ポンズが着てるような素敵な装備は、モンニャン隊でなきゃ手に入らニャいのニャ？　あたし、カワイイ装備が着てみたいニャ」

「わたしも、かっこいい装備が着てみたいですニャ」

「オレもオレも！　モンニャン隊はモンスターの狩猟もへっちゃらなんだろ？　だったらオレもぜひ参加したいって」

「あら、ネロさんはモンニャン隊に入るまでもなくモンスターに勝てるアイルーだから、今さらモンニャン隊に入らなくてもいいのでは？」

「え？　あ、いやその……オレはいつも一匹狼だからな、たまにはグループで狩りをするのもイイかもと思ったんだ」

ココアたちはそれぞれの意気込みを語るのだけど、ポンズはやっぱり首をかしげた。

「モンニャン隊は、大きなモンスターの端材を手に入れなきゃいけないことだってあるんだニャ」

実にさらりと、ポンズは言った。

「大きなモンスター？」

「ボクが今着てる装備、これは火竜の端材で作ったものニャ」

さらりと言うけれど。火竜って、リオレウスだよね？　とてもとてもおっかない、火を吐くモンスターだよね？

ココアたちは一気に、鼻白んだ。

「ポンズさん、すごいんですニャ……」

「そんな風にはぜんぜん見えニャいけど、ほんとは強いのニャ」

「え、いやそんな、ボクはぜんぜんすごくなんかないニャ〜、って、え、ぜんぜん見えない？　え、見えないの!?」

ポンズは自分で照れて謙遜して、でも引っかかって、最後はしょんぼりと肩を落とした。

「そっか……強そうには見えないのか……」

「あ、そんなことニャいニャい、ちゃんと強そうに見えるニャ」

両側から「ピンクちゃん」「ピンクさん、そのまま言いすぎですよ」とつつかれて、ピンクはあわてて言い直している。

「無理しなくていいニャ。ボクはのんきだしドジだし、どうも貫禄とか緊張感とかに欠けるって、いつも言われてるし……」

「で、でも、火竜の端材を手に入れられるくらい、強いのニャ？」

「ボク一匹でなら無理だニャ。モンニャン隊は五匹一チームで行動するからニャ。ボクがリオレウスの端材を手に入れられたのは、他のみんながいたからニャ」

「アイルー五匹で、リオレウスと……」

ありえません。何匹だとしても、アイルーが巨大モンスターと渡り合うなんて。

でも、それをやっちゃうのがモンニャン隊なんだよね。

「あたし、やめよっかな」

ピンクは早々にくじかれたみたい。

もともとお花とカワイイモノが好きなだけの、平和な菜園家アイルーであるピンクがそう言うのは仕方ないとして。

「あ、オレなんか腹が痛くなってきた。残念だなー、モンスター倒しに行きたいのになー、ほんとに残念だー」

海竜を倒した男・ネロもまた、モンニャン隊に入るのはやめるみたい。

「行ってらっしゃい、わたしは島の管理人さんとお茶してます」

笑顔でそう言う管理人さんは、モンニャン隊に入ってモンスターを狩りに行く気は、最初からない。

だから、ココアだけだ。

「わくわくしますニャ！」

拳をぐっと握ったのは。

「あ、ちょうど今、モンニャン隊が狩猟に出かけるところニャ」

ポンズが言い、投網マシーンのある桟橋とは反対側の方を指さした。

「え、待ってくださいニャ、わたしも一緒に行きますニャ」

今さらココアが入れるはずもない。五匹のアイルーがタルボートにギュウギュウに詰まって出航していった。

「ポンズさんは行かないんですか？」

「ボクは帰ってきたばかりだから、少しお休みニャ。みんな交替で出かけているからニャ」

「そうなんですね」

「じゃあ次にポンズさんが行くときに、わたしも連れて行ってくださいニャ」

「いいけど……なんの経験もないまま出かけるのは危ないから、まずこの周囲を探索に出るといいニャ」

最初からは無理だよね。

まずは近くのモンスターが出るエリアを探索するなりして、経験を積まなきゃ。

「わかりましたニャ！　まかせてくださいニャ、立派に成長して戻ってきますニャ！」

試練を課せられた、と考えて、ココアは力強く宣言した。

3 樹海を探索ニャ！

「モンニャン隊に入るための、試練なんですニャ！」

と、ココアは意気込むけど。

たぶんポンズは、そこまでの意味で言っていない。未知の樹海って呼ばれているところがあるから、そこを歩いて大体の空気を感じて、とか、おとなしいモンスターもいるから見てみては、とか、それくらいのものでは？

「ポンズがのんびりした調子で言ってたわけだから、きっとそれほど危険はニャいと思うニャ」

「まあ所詮は、村の近くだしな〜、楽勝楽勝」

「料理長さんに、特別にお弁当を作ってもらいました。おなかがすいたら食べましょうね」

最初からモンスターの端材を得るために出かけるモンニャン隊と違い、周囲の探索はもっと平和なものであるはず。そう判断して、ピンクもネロも管理人さんも、安心してココアと一緒にやってきた。

「『これからの村』の周囲とは違いますニャ」

ココアたちの村の周囲も森に囲まれているけれど、ここは雰囲気がずいぶん違う。風景や空気といったものは、やっぱり場所によって違うもので……遠くへ来たんだなあ、と思う。

「あちこちに石垣みたいなものがありますニャ」

「これはなんかの遺跡かなあ」

「木の一本一本が大きいですね。ずいぶん古くからあるみたい……」

「あ〜、あのお花カワイイ〜」

目に映るモノ全部が新鮮、わくわくする。どこまで続いているのか想像もつかないが、未知の樹海と呼ばれているだけあって、進めば進むほど光景が変わる。大きな古い柱のよ

うなものが何本も立っているところがあったり、広い空間に池があったり、崩れかけた建物があったり。

「この地には昔、なにがあったんだろうな……男のロマンがうずくぜ」

「きれいな川が流れてますニャ。あ、お魚が泳いでますニャ」

「水面がキラキラしてるニャ。釣り師がいたら、ここでのんびり釣りをするのかもしれニャいニャ」

「釣り竿は持ってきてませんニャ。残念」

「あっちにカワイイお花がある！　はじめて見るお花ニャ」

「あら、竜仙花。めずらしいですね」

ネロは冒険心を刺激されてじーんとなにやら浸っているし、ココアはわくわくが止まらず脚も止まらずあちこち走り回り、ピンクはカワイイモノを見つけてはうっとりするし、管理人さんはめずらしいものを見つけては感心している。

なんかもう、「探索」というより、ただ遊びにきただけのような……。

「ツタが網みたいになってて面白いですニャ」

大きな木や柱がツタにまみれていて、隣の柱などとツタでつながった状態になっている場所があった。

「これ、上に登れるぞー」

「鬼ごっこしますニャ！　逃げていいのはこのツタの網のところだけですニャ」

「ニャハハ、楽しそうニャ〜〜」

輝く青空の下、ココアたちは大はしゃぎ。ツタでできた天然の網を使っての立体迷路なんて、こんな面白い場所、他にない。

「はい、またネロが鬼ニャ！」

「ぜえぜえぜえ、またオレかよ〜〜。なんか、オレとココアが交替で鬼やってないか？」

「不思議ですニャ。なんでわたし、すぐにつかまっちゃうんでしょうかニャ」

ネロは運動不足なのか、すぐに息が上がっちゃう。だからつかまるのはわかるんだけど、ココアは元気いっぱい、いくらでも逃げ回れる……はずが。

「鬼さんこっちですニャ〜〜、あっ」

ツタが足に絡まって、ばたんと顔からつんのめる。

「よしっ、つかまえた！」

「ニャハハハ、またココアの鬼ニャ」

「ココアさん、大丈夫ですか？」

ココアがつかまるのは、ドジだからです。反対に、すばしっこいピンクと、要領のいい管理人さんはぜんぜんつかまらない。

「う〜、次はピンクちゃんか管理人さんをつかまえますニャ！」

「え、わたしたちですか？」

「そうしてくれ、オレはちょっとひと休みするわー、疲れたー」

「ニャハハ、そう簡単にはつかまらないニャ〜〜」

もう完全に、完璧に、遊ぶことしか考えていません。探索しにきたなんて、絶対にみんな忘れている。

「ピンクちゃん、つかまえ……あっ」

「また転んだニャ〜〜」

「あー……元気だよなあ、あいつら……」

ツタの網から降りて、地面に座って休憩していたネロは、なおも鬼ごっこをしているココアたちを遠く見上げていた。そのネロの肩を、こつんこつんと叩く者がいる。

「なに、やめてよ、オレはしばらく休憩……あれ？」

ココアとピンクと管理人さんは、今もツタの網を使って鬼ごっこをしている。

「てことは……？」

おそるおそる振り向くと。

「うわあああっ、出た——っ!!」

ランポスです、モンスターです！

青いウロコに赤いたてがみ、黄色いクチバシ。小型だけど跳躍力に優れた肉食モンスター。アイルーなんか簡単に襲えちゃうこわいモンスターの一種。

「ランポス!?」

「きゃあ〜〜!!」

ココアたちもあわてて逃げ出す。ランポスがぴょーんと網の上までひとつ飛びしてくるんだもの！

四匹そろって走る走る走る。

広場みたいに開けた場所も、木の根っこがごつごつした狭い場所も、遺跡らしい崩れ落ちた建物の間も、全力で駆け抜ける。

その途中で。

「ニャ？」

ココアは、突然脚を止めた。

「ちょ、ニャんなのココア！」

「急に立ち止まって、なにかあったんですか？」

ココアに続き、ピンクと管理人さんも止まる。

「今なんか、あそこに……」

巨木が影を作るトンネルの向こう、明るい陽をあびた草むらに、動く気配がある。

「ランポスニャ？」

「ううん、もっとずっと小さなものですニャ……小さくて……」

そして、とてもかわいいモノを、見たような……。

「おおい、なんで止まってるんだよ」

　一匹だけかなり先に進んでいたネロが、遅れて戻ってきた。「後ろ見たら誰もいないんだもんよ、勘弁しろよなー」とぶつぶつ言いながら。

　しかしココアたちは誰もネロを振り返らない。みんなそろって、一点を見つめている。

「なんだ……？」

　ネロが首をひねりながら近づいた、そのときに。

「かわい――っ!!」

　ココアたちがいっせいに叫んだ。

「嘘っ、なんでこんなところにプーギーが!?」

「激ヤバニャ、カワイすぎるのニャ！」

「かわい〜〜、かわい〜〜、かわい〜〜」

　三匹の視線の先には、一匹のプーギーがいた。

　シマシマの服を着たプーギーは、穏やかに草むらを歩いている。

　プーギーとは、かわいすぎる生き物だ。そのあまりのかわいさゆえに、姿を見た者はもれなく心を奪われ、なにをしていても手を止めてプーギーに見とれてしまう。そして、プーギーをひとなでしたくてたまらなくなるのだ……！

　おそるべしプーギー、おそるべしかわいすぎる生き物！

「いやその、プーギーはいいけどさ、ランポスは……？　オレたち今、こわいモンスターに追われててさ……」

　あのー、もしもし？　今が非常事態だってこと、おぼえていますか？　ネロは話しかけるけれど、ココアたちの耳には届いていない。

「かわいいですニャ……かわいすぎますニャ……」

「チョーヤバイ……触りたい……なでなでしたいニャ……」

「もう少し、そばで見たいですねえ」

ココアたちはじりじりとプーギーに近寄っていく。

「あっ、逃げたニャ！」

「待ってくださいニャ、プーギー！」

そんな気配を察したのか、プーギーが駆け出した。ココアたちがそれを追う。

「え、追いかけんの？　マジ？」

ついていけていないネロと、

「ランポスは追いかけてきてないみたいですね。じゃあ、プーギーに夢中になっていても大丈夫じゃないですか？」

わりと冷静な管理人さんを置き去りに、ココアとピンクは全力疾走。プーギーのかわいさにメロメロですから！

プーギーは意外な速さで走っていく。木の根っこが複雑に絡み合った迷路のようなところを。

「待ってくださいニャ！」

「プーギー〜〜!!」

追いかけて、走って、巨木の隙間の道なき道を、曲がって、曲がって、追いかけて。

「あ、あれ……？」

不意に視界から、プーギーが消えた。

「たしかこの木のところ、曲がりましたニャ？」

「うん、ここだったニャ」

だけどプーギーの姿はない。まるで消えたみたいに、いなくなってしまった。

「おおい、待ってくれえ」

「ココアさん、ピンクさん、プーギーは……？」

ネロと管理人さんが遅れて追いついてきた。

「それが、消えちゃったんですニャ」

「なんだ、まかれちまったのか」

「消えたんだってば。ホントニャ」

ココアとピンクはそう言うけれど……まあ実際問題、本当に消えるわけはないから、見失ったってことだよね。残念。

「それにしても、チョーカワイかったのニャ」

「プーギーはみんなかわいいけど、さっきのプーギーはもっともっとかわいかった気がしますニャ」

「ランポスに追われていたことが吹っ飛びましたものねえ」

「あんなにかわいいプーギーは見たことありませんニャ」

「わーん、くやしいニャ、なでなでしたかったニャ」

「しかし、こんな樹海にプーギーがいるなんて、意外だな」

「そうですニャ、こわいモンスターもいて、危険なところなのに」

「迷い込んだのかもしれませんね」

それ以外に、プーギーが樹海にいる理由が見当たらない。

「きっとそうニャ！　迷い込んで困ってるニャ！」

「だったら助けてあげないといけませんニャ」

「プーギーパークなら安全ニャ。プーギーパークに連れて帰ればプーギーもハッピー、あたしたちもハッピーニャ♪」

ココアたちの村には「プーギーパーク」という、プーギーと触れ合える施設がある。

プーギーパークのプーギーたちは、みんな穏やかにしあわせそうに暮らしている。プーギー同士も、そしてアイルーとも仲良くすごしている。

こわいモンスターのいる樹海に置いておくより、絶対いい。

「んじゃ、今回の旅の目的にするニャ。あのとんでもなくかわいいプーギーをつかまえて助けるのニャ!!」

「えー〜、今回の旅は、海竜を倒したこのオレの功績が真実だということを、モンニャン隊を通して実感するというテーマが……」

ネロはなんか言っているけど、そんなテーマがあったっけ？　たしかにネロの自慢話からモンニャン隊の話になって、「モンニャン隊に会いに行こう！」と盛り上がったんだけど。

「アイルーだけでもモンスターを倒せるんだという実証をだな……」

「みんなでプーギーをさがしますニャ！」

ネロはなおもぶつぶつ言っているみたいだけど、小さい声だからよくわかんない。さくっと無視。

旅にはナニか目的があった方が、より盛り上がるもんね。

でも結局、その日はプーギーを見つけられなかった。あれっきり、ぷつんと姿を見ることはなかった。

「はじめて来た場所だもんニャ。仕方ニャいニャ」

「明日もがんばりますニャ」

ぽかぽか島に戻ったココアたちを、ポンズが迎えてくれた。

「探索はどうだったニャ？」

「大したことなかったな。ランポスに遭遇したが、あの程度の小型モンスターは目じゃないぜ」

ネロがかっこつけて言う。

「ランポスが平気なら、大したもんニャ。モンニャン隊でも大丈夫かも」

「え、いや、オレは別にモンニャン隊はいいんだ、入らなくても」

「そうなのニャ？」

ポンズは「ふにゃ？」と首をかしげる。

「そ、それより樹海でプーギーを見かけたんだ。な？」

ネロはあわてて話を変えた。

「プーギー？」

「そうですニャ。もう信じられないくらいかわいいプーギーだったんですニャ」

アツく語るココアに、ポンズはまた首をかしげた。なにかしら考え込むような表情で。

「それはきっと、『幻のプーギー』ニャ」

「幻のプーギー!?」

「どこから迷い込んだのか、幻のプーギーが樹海にいるらしいニャ。とんでもなくかわいくて誰もが夢中になるけれど、決してつかまらない……と、もっぱらの噂ニャ」

「幻のプーギーニャ!?　たしかに今日見たプーギー、チョーカワイかったニャ。カワイすぎたニャ」

「幻のプーギーだったんですニャ。『幻のプーギー』、なんかそれすごいですニャ！」

ココアたちの目はキラキラ。

「今回の旅の目的変更するニャ。『プーギーをつかまえる』じゃニャくて、『幻のプーギーをつかまえる！』にするのニャ」

「すごいすごい！」

「なんだかドキドキしますね」

ココアたちが大いに盛り上がっている横で。

ポンズの表情はどことなく暗かった。困っているような、迷っているような。

「でもね……幻のプーギーをつかまえようとすると、こわいことが起こるって話ニャ……」

ポンズはそう続けたんだけど、ココアたちは聞いていない。

「幻のプーギー！」

「絶対に『これからの村』に連れて帰るのニャ！」

と盛り上がっている。

ただ。ネロだけが、

「えつ、えつ、こわいこと？　こわいことってナニ!?」

と、うろたえているけどね。

4 幻のプーギーをさがせ！

ということで、幻のプーギーさがしにくり出したココアたち四匹。

「ランポス出た〜〜っ！」

お約束の小型モンスター、ランポスにさっそく追いかけられた。

「あれ？　カタチはランポスに似てますけど、色が違いますニャ」

「ランポスみたいに鮮やかな色じゃニャくて、なんとも渋い色……」

渋い草色のボディカラーに鮮やかなオレンジ色の口先……。

「ゲネポスニャ〜〜っ！」

「えっ？　えっ？　ランポスじゃないんですかニャ？　色以外になにが違うんですかニャ？」

「ココアはゲネポス見たことニャかったのニャ!?　ゲネポスに攻撃されると、ビリビリしびれるらしいニャ!!」

「ビリビリ嫌ですニャ！」

「逃げろ〜〜――！」

昨日のプーギー……つまり、「幻のプーギー」を見つけたら見つけたで、

「抜き足差し足、そろーりそろりですニャ」

「あっ、気づかれたニャ」

また、逃げられちゃうし。

モンスターには追いかけられ、プーギーには逃げられ、の繰り返し。

「絶対に見つけますニャ」

「カワイイは正義ニャ、プーギーは正義ニャ、カワイイ生き物をつかまえて、安全なあたしたちの村へ連れて帰るのニャ」

それでも、あきらめない。

「なーなー、こわいことってなんだろうな？」

ネロだけポンズが最後にぽつんと言ったことを気にしている。

「プーギーでこわいことって言ったら、カワイすぎることぐらいニャ」

「わかりますニャ、ちょっとだけ、と思ってプーギーパークでプーギーと遊んでたら、気がつくと夕方になってしまって、『プーギー、おそろしい子！』って気持ちになりますニャ」

「えー？　そういう意味で言ったんじゃないと思うけどなあ」

「じゃあ他にどんな意味があるニャ。あんなにかわいいプーギー相手に、なにがあるっていうニャ」

たしかに、プーギーで「こわいこと」と言われてもなんのことかわからないよね。

ポンズはそれ以上ナニも説明してくれなかった。ただ「『幻のプーギー』は、同じ場所にはいないニャ。毎回違う場所に現れるからつかまえにくくて、より『幻』と言われてるニャ」と教えてくれた。

だからほんとに、いろんなところを歩き回るしかさがしようがない。

「ココアさん、あそこにいるの、プーギーですよね？」

きれいな水辺にて、管理人さんが指さす。あそこで水を飲んでいる小さな生き物……あれは間違いなくプーギー！

「あれって今さっき逃げられたプーギーか？　服が違うような……」

さっき見たプーギーとは、服のシマシマの色が違う？

「震えるほどカワイイんだから、あれが『幻のプーギー』に間違いニャいニャ！」

ココアたちは力いっぱい追いかけた。木の間を抜けて、石垣を駆け上り、ツタの網を渡って。

なのに、あと少しで逃げられる。もうちょっとで手が届く……ってときに必ず、プーギーはココアたちが入れないような岩の隙間に逃げ込んだりしてしまう。

「この隙間に入ったってことは、反対側のエリアに行けばまた追いかけられるニャ？」

「反対側ってどうやって行くんでしょうか」

「あ、おい、見ろよあれ！」

さっきこの岩の隙間に入ったのに、いつの間にかココアたちの後ろの草の上を、プーギーが歩いている。

「え〜〜ニャんで〜〜？　ここに入ったのに、ニャんであんなとこにいるニャ？　意味わかんニャい」

「瞬間移動？」

「まさか」

でも、そうとしか思えない。消えて、新たに現れたとしか？？

「とにかく追いかけますニャ！」

そうやって追いかけている間に、ふと見失ったかと思うと。

「あ、あっちを走ってますニャ！」

「いつの間に!?　また瞬間移動？」

「幻のプーギーだからですかねぇ」

こんなことができるのは、やはり特別なプーギーだから？

「ニャハハハ、幻すごーい」

なにがなんでも、つかまえなきゃ！

そうやって、夢中で追いかけているココアたちに、黒い影が掛かった。

「？　急に日陰になりましたニャ？　雲が出たんですかニャ」

「チガウニャ！　ココア、上見るニャ！」

太陽を遮るように、巨大なシルエットが近づいてきていた。

巨大な翼がばっさばっさ、音と風もすごい。

「こ、これは……」

知ってます、見たことあります。巨大な翼、緑のウロコ、鋭い爪……。

「リオレイア！」

こわすぎる、危険すぎる巨大モンスターです！　ココアたちは風圧に押され、転がるように崖の下に隠れた。

「ネロさん、ネロさんの出番ですニャ！　リオレイアを倒してくださいニャ！」

「いやぁ、オレの担当は海竜だから。飛竜はちょっとチガウんだな～」

いつものことだけど、ネロってばちっとも役に立たない。

「静かに。向こうはわたしたちに気づいてないようです」

管理人さんに言われ、ココアたちはぴたりと口を閉ざし、崖の陰からリオレイアの様子をうかがった。

赤茶けた土の上に着地したリオレイアは、幾度か羽を開いたり閉じたりしていたけれど、別にこちらを気にしている様子はない。

リオレイアはココアたちを襲うために降りてきたのではなく、ただひと休みするために来たみたい。それもそうか。空飛ぶ大きなモンスターからしてみれば、アイルーなんて小さすぎてものの数に入っていないだろう。

そうこうしているうちにリオレイアは、うつらうつらしたかと思うと、横になって眠ってしまった。

「よかった……眠っちゃったニャ」

「よーし、今のうちに逃げるぞ」

みんなで一列になって、抜き足差し足……というときに、つい失敗するのがココア。

「ニャ？」

石ころに派手につまずいて、すっ転んだ！　しかもゴロゴロ転がって、リオレイアにどすん。

「……っ!!」

「…………!」

仲間たちは、思わずあうあう、声なき声で悲鳴を上げる。

リオレイアは「ん？　ナニか当たったかしら？」と目を開け……ココアと、ばちっと目が合った。

小さなアイルーと、巨大なリオレイアの目が合う図。これはなかなかめずらしい。

リオレイアが頭を下げて寝ていたせい。

ココアはぴきんと固まった。う、動けませんニャ……。汗だけが、たらーりたらり。

リオレイアさんは半分寝ぼけているみた

いだけど、このままだとやばい!?

「あんな大型モンスターは、こちらから攻撃しニャい限り、あたしたちみたいな小さなアイルーには、ニャにもしてこニャいニャ」

「でもあのままじゃいけませんねぇ」

ピンクと管理人さんは、リオレイアに気づかれないようひそひそしゃべり。この二匹って、機転が利く、ということではなかなか最強コンビ。目と目を合わせるなり、近くの茂みに飛び込んだ。……えっ、ココアのこと、見捨てちゃうの?

「ど、どうしようニャ、どうしようニャ……」

リオレイアと見つめ合ったまま動くに動けず、汗を流す石状態のココア。そのココアの前に、謎の物体が現れた。

「ニャ??」

ガサゴソ音をたてながら、低木の茂みが歩いてきたんだ。

茂みが歩く?? 目を丸くしているココアと、リオレイアの間を茂みが横切った……反対側から見たらわかる、ピンクと管理人さんです。枝やら葉っぱやらをたくさん手に持ったり服に挿したりして、カムフラージュ。

「ココア、来るニャ！」

ピンクが葉っぱの付いた枝をココアに差し出してくる。

「は、はいですニャ！」

ココアは枝を受け取り、ピンクたちに身体をぴったりくっつけて、自分も「動く茂み」の一部になった。

巨大モンスターは小さな生き物をわざわざ攻撃しない。ましてや、低木の茂みは攻撃しない。絶対しない……よね？

「わたしは植物、わたしは植物、植物の気持ちになりますニャ……！」

「キモチはどーでもいいから、さっさと歩くニャ！」

ひそひそじたばたしながらも。

なんとか、脱出成功!!

リオレイアは、目の前をじりじり動いていく茂みを、不思議そうに見送っていた。

「ああこわかったニャ〜〜！」

「まさか、リオレイアが出てくるなんて思いませんでしたね」

ほっと胸をなで下ろしながら、ココアはふと思った。

「そういえば幻のプーギーをつかまえようとすると、こわいことが起こるってポンズさんが言ってましたっけニャ。危険なモンスターのいる場所を通ってからでないと、プーギーのいるところにたどり着けない、とか、そういうことかも？」

「ニャるほど！　そういうことニャ！」

「たしかに、プーギーをさがしていると必ずモンスターに会いますね」

きっとそれが「こわいこと」なんだ。こわいと思ってもそれを克服する勇気のあるモノでないと、とてつもなくかわいい幻のプーギーには、手が届かないんだ。

「愛を試されているのニャ……」

ピンクが重々しく言う。モンスターの危険を知りつつも、それでもなおプーギーを求めるモノだけが、プーギーに出会えるのだ！　と。

おそるべし、幻のプーギー！

……ところで、なにか忘れていませんか？

「あれ？　ネロさんは？」

「そういやいニャくなってるニャ。いつからいニャくなってたっけ？」

すっかり忘れていた。

「リオレイアから逃げるあたりですね」

となれば、いない理由も見当が付く。

「ネロのことだから、先に島へ逃げ帰ったに違いニャいニャ」

「助けを呼びに行ってくれたんですかニャ？」

「ただ逃げ帰っただけだと思うニャ」

「ニャ？」

「とにかく、わたしたちも戻りましょう。陽が傾いてきました」

そんなことを話しながら、ココアたちは島へ戻った。島へ行くにはチコ村を通るんだけど、ここはあくまで通るだけ。まっすぐ帰る先は、ぽかぽか島。

「お帰りなさいですわニャ」

「ただいまですニャ、島の管理人さん。あの、ネロさんは先に戻ってますかニャ？」

出迎えてくれたぽかぽか島の管理人さんに聞くと、彼女は首をかしげた。

「ネロさん……？　いいえ、まだ見てませんわニャ」

「じゃあチコ村でごはんでも食べてるのかもニャ」

「わたしたちもチコ村へ行きましょう」

ネロは先に戻っている……はずだったのに。

チコ村にも、ぽかぽか島にも、ネロはいなかった。誰に聞いても「見ていない」と言う。

昼前にココアたちと一緒に出て行って、それきりだと。


ネロが、消えていた。

5 また消えたニャ

「ネロのことだから、ぽかぽか島じゃニャく『これからの村』にまで帰っちゃったのかもニャ」

「だとしても、ひとこと言ってほしかったですニャ」

ネロは都合が悪くなると簡単に逃げ出しちゃう性格だから、その可能性は大いにある。

「とにかく、ネロに気を遣ってプーギーさがしをやめちゃうのはチガウと思うニャ！　ネロの分まであたしたちがカワイイプーギーをつかまえるのニャ！」

「そうですニャ、がんばりますニャ。プーギーを助けられるのはわたしたちだけですニャ！」

めげない、くじけない、へこたれない。ココアとピンクはガッツポーズで意志を新たに示した。

そう、ココアとピンクだけ。管理人さんは、島の管理人さんと話が弾んでいるようで、ココアたちの方へはやってきていない。

「管理人さ〜ん。そろそろ幻のプーギーさがしに出かけますニャ〜〜」

栈橋のところから、テント前にいる管理人さんに声を掛ける。

管理人さんはココアの声に気づいて、島の管理人さんと別れ、こちらへやってきた。

「管理人さん、島の管理人さんとすっかり仲良しニャ」

「他人とは思えません、ほんと話してて楽しいんですよ」

「管理人さんたちが話してる姿を見たら、どっちがどっちかわかんニャいくらいニャ」

「ふふふ、それは大袈裟ですよ」

管理人さんは腕にかわいいバスケットを下げていた。島の管理人さんにもらったらしい。

「さあ、今日も『幻のプーギー』をさがしに出かけるニャ」

「行きますニャ！」

盛り上がる二匹に、管理人さんがおっとりと口を挟んだ。

「わたしはもうプーギーさがしはいいです。ちょっと他に用事もありますし」

「ええ〜、そんニャあ……」

「モンスターが出てきても、わたしじゃ大してお役に立てそうにもありませんし。ココアさんたち、がんばってくださいね」

「管理人さん、一緒に樹海へ行かニャいんですか？　お弁当、管理人さんの分も作ってもらってますニャ」

「あら、おいしそう。わたしも樹海へはご一緒します。竜仙花を摘みたいので」

「竜仙花？」

「カワイイお花ニャ」

「ええ。貴重なお花なんですよ」

そう言って管理人さんは空のバスケットをとんとん叩く。そうか、このバスケットは竜仙花を摘むためなんだ。

「カワイイお花を摘むためニャら、仕方ニャいニャ。プーギーさがしはあたしたちでがんばるニャ」

「そうですニャ。したいことをするのがいちばんですものニャ」

ココアとピンクがしたいことは、幻のプーギーさがしなんだもんね。

「じゃ、出発するニャ」

目的は違っても、向かう場所は同じ。ココアたち三匹は、ぽかぽか島をあとにした。

今回はこわいモンスターにも会わず、無事プーギーをつかまえられそう？

「あっ、あそこにとんでもなくかわいいプーギーが！」

「幻のプーギーですニャ！」

けっこうあっけなく、プーギーを見つけることができた。

だけどやっぱりプーギーは、逃げ足が速い。見つけることができたって、つかまえられなかったら同じこと。

「幻のプーギー待つニャ！」

ココアたちが駆けずり回っている間、管理人さんは機嫌良く目的の花を摘んでいる。

今日のプーギーはあっちこっちへ移動はせず、同じところをぐるぐる逃げ回っている。

だから余計に翻弄されている感じ。

「ニャ？」

プーギーを追っているはずが、ココアはふと、背後に気配を感じて振り向いた。

「ココア？　どうしたニャ？」

「ううん、別に……？」

後ろを見てもなにもいないので、ココアは首を振った。

でも、そんなことが何回かあった。別になにもいないのに、背後に気配を感じる。振り返ると視界の端で、黒い影が走り去っていった……ような。

「気のせいですニャ」

モンスターかな？　警戒しすぎているから、モンスターこわいこわいと思っているから、なにもいなくてもいるような気持ちになっているのかも？

「ピンクちゃん、誰かに見られているような、後ろに誰かいるような、そんな気配はないですかニャ？」

「え〜〜？　ココアってばニャに言ってんの。そんなの、ぜんぜん感じニャいって」

「そうですか……そうですよニャ。わたしの気のせいですニャ」

「でもね……幻のプーギーをつかまえようとすると、こわいことが起こるって話ニャ……」

なぜだろう。

ふと、ポンズの言葉を思い出した。

ココアはばっと後ろを振り返る。なにかいる、なにかが見つめている……！

「ココア？　ニャにコワイ顔してるニャ」

「…………なんでもありませんニャ」

気のせい。

きっと気のせい。なんでもない。ココアは自分に言い聞かせる。それよりも、幻のプーギーさがしに集中しなきゃ。

「あ、あそこにプーギーがいますニャ。……届きそうで届かない場所……絶妙の距離感ですニャ……」

「やっぱり無理っぽーい。チョーつかれた〜〜……と、油断させておいて！」

あきらめたように見せかけて、ピンクが突然ぶーんっと走り出した！　プーギーはびっくりしたように逃げる。

「待てニャ〜〜！」

プーギーは茂みに飛び込んだ。

「ああっ、また逃げられたニャ」

「ピンクちゃん、茂みがガサゴソいってますニャ。ガサゴソを追いかけますニャ」

姿は見えなくなったけれど、茂みの中を移動しているらしい音がする。

ココアとピンクはその音を追いかけた。茂みが岩に突き当たるところで、行き場をなくしたのか、プーギーがまた外へ飛び出してきた。

「やった、やっぱり出てきた……けど、あれ？」

「あれ？」

首をひねる。

追いかけていたプーギー、こんな服装だったっけ？　さっきはスイカみたいな色合いの服だったのに、今は赤い着物を着ている……。

「気のせいですかニャ……プーギーの服が違ってる気がしますニャ」

「着替えたニャ？　茂みでガサゴソしてる間に？」

「手品ですニャ！　変身！　って感じですニャ」

「幻、おそるべしニャ」

やはり、なにか特別な力を持っているんだ。服を替えることで追っ手を誤魔化せると思ったんだろう。

「どっちにしろ、カワイイニャ〜〜」

「かわいいですニャ……着替えてくれてありがとう、どっちも見られてうれしいですニャ」

そんなこと言っている場合じゃないよ、追いかけなきゃ！

「待て〜〜――――！」


そんなこんなで。

ぜえはあ言いながら、ココアたちはひと休み。

またプーギーは消えてしまった。また突然現れるかもしれないけれど、今はちょっと休憩しよう。

花が咲き、池の水が清く澄んだ、きれいな場所だ。プーギーの保護さえなければ、ピクニックに最適なのに。

「今日のプーギーは、このあたりだけを逃げ回ってますニャ」

「モンスターも出ニャいし、安全でキレイなところばっかかニャ。ありがたいニャ」

遠くまで行かずに済んでいるので、管理人さんがお花を摘む姿がずっと見えている。

「あ、管理人さんがニャにか言ってるニャ」

どうやらお花を摘み終わったらしい？　管理人さんが立ち上がって、ココアたちに向かってナニか言っている。それはわかるけど、声は聞こえない。

「え？　なんですかニャ？」

こちらも声を掛けるのだけど、どうも届いていないみたい。管理人さんならもっと大声が出せるはずなのに、聞こえないままっていうのは、声が届いていないことに気づいていないんだ。

管理人さんは、なにやら挨拶しているようだ。ぺこんとお辞儀して、手を振っている。

「先に帰ります、って言ってるニャ？」

「一匹だけで大丈夫ですかニャ？」

ココアとピンクもぶんぶん手を振った。

まさかそれが、管理人さんの最後の姿になるなんて、ココアたちは夢にも思っていない……。

日暮れまでプーギーを追いかけて走り回り、くたくたになってココアとピンクは島に戻ってきた。

島のアイルーたちも、トレーニングを終了したりと「お疲れさん」な雰囲気になっているようだ。

アイルーたちの中に、ポンズの姿を見つけて、ココアは声を掛けた。

「あ、ポンズさん。幻のプーギー、手強いですニャ……」

「え、まださがしてるのニャ？」

「ずーっとさがしてますニャ。今日はさがすというより、追いかけっこに疲れましたニャ。ずっとお尻を追いかけてましたニャ」

「えーと、モンニャン隊に入りたいって話はどうなったんだっけニャ？」

「そっちは幻のプーギーをつかまえたあとニャ。まずはプーギー！　も〜、めちゃめちゃカワイイんだもんニャ。カワイイはこの世のすべてより優先するのニャ」

ピンクの「カワイイは正義」主義に、ポンズは口を挟めないみたい。苦笑している。

「樹海にはいろんなモンスターがいるし、たまに大型モンスターも現れるから、気をつけるニャ」

「ありがとうございますニャ。……あ、そうだ、管理人さん見かけませんでしたニャ？」

「『これからの村』の管理人さん？　会ってないニャ」

「先に戻っていたはずなんですニャ」

「島にはいないと思うニャ。テントの中にはいなかったし、あとはこの通り、小さな島だからニャ」

ぽかぽか島は、どこからでもひとめで見渡せる。遮るものは中央にあるテントくらい。で、テントの中にいなかったら、もう島にはいないってこと。

「島の管理人さんはテントの前でおそうじしてるから、管理人さんとどこかでおしゃべりしてる、とかでもニャいわけだしニャ」

「管理人さんは誰とでも仲良くおしゃべりできるアイルーだから、どこかでしゃべり込んでるのかもしれませんニャ」

「じゃあチコ村かもしれないニャ。ボクはモンニャン隊で狩りに出ていて、今さっき戻ったところだニャ。チコ村にはまだ行ってないニャ」

そういえばポンズは、昨日は島にいなかったっけ。

「そうですニャ。チコ村の方かもしれませんニャ、行ってみますニャ」

「夕飯の時間だし、キッチンにいるかもニャ」

「おなかすきましたニャ〜〜」

てっきりチコ村にいるだろうと思って、軽く考えていた。

「管理人さん見ませんでしたかニャ？」

まず屋台の料理長に聞いてみたけど、返事はあっさり。

「今日は見てないニャル」

「そうなんですニャ……」

「それより、ここへ顔を出してナニも食べずに帰る気ニャルか？　さあさあ、食ってくニャル！」

勧められて、断る理由もないし、まずは晩ごはん。ついでに、屋台に集まってきたアイルーたちに『これからの村』の管理人さんを見ませんでしたかニャ？」と聞いて回った。

でも誰も、知らないという。

「おかしいですニャ」

「全部の店を回るニャ」

食事を終えてから、チコ村全部を回ってみる。出会うアイルー出会うアイルーに、聞いてみる。「うちの管理人さん知りませんかニャ？」と。

「知らないニャ」

「見てないニャ」

誰も、知らない。

さがせるところは全部さがした。でも、どこにもいない。

「消えた……？」

ココアとピンクは、顔を見合わせる。

ぽかぽか島の桟橋に座って、空を見る。

陽は落ちて、星空が広がっている。

「管理人さん、どこ行っちゃったんですかニャ……？」

「ニャんか……さみしいニャ」

海は真っ暗でなにも見えない。ただ、波の音だけがしている。島からはアイルーたちの声がしているけれど……「これからの村」のアイルーは、ココアとピンクだけ。

四匹でやってきたはずなのに、ここにいるのは二匹だけ。半分になってしまった。

「ネロさんがいなくなって、管理人さんまでいなくなっちゃいましたニャ」

どうして……？

そういえば、幻のプーギーを追っているとき、謎の気配を背後に感じて、何度も振り返ることがあったっけ……。

「でもね……幻のプーギーをつかまえようとすると、こわいことが起こるって話ニャ……」

えええ？　まさかのホラー展開!?

6 モンニャン隊、いざ出発！

　幻のプーギーをつかまえようとしたために、こわいことが起こった？　そのこわいこと、というのは、仲間が消えること？

「これは、幻のプーギーをつかまえようとしたせいなんですニャ。助けるつもりでも、つかまえようとしたこと自体がいけないんですニャ。幻のプーギーの呪いですニャ」

「幻のプーギーの呪い……う〜〜ん……」

　ココアが騒いでも、ピンクは今ひとつ納得しきっていないような。

「ネロさんが消えて、管理人さんまで消えちゃったんですニャ。このままだと、次に消えるのはわたしかピンクちゃんですニャ」

「消えるのは嫌だニャ。ネロはともかく、管理人さんが消えるのはおかしいもの、やっぱりニャにか起こってるのニャ」

「ネロさんの時点で気づくべきだったんですニャ」

夜はこわいのでさっさと眠ってしまったココアとピンク、朝になってから作戦会議。

仲間が消えたことが幻のプーギーの呪いだとしたら、これからココアたちは、どうすればいい？

「幻のプーギーさんに謝りますニャ。つかまえようとしてごめんなさい、もうしませんから、ネロさんと管理人さんを返してください、ってお願いしますニャ」

「聞いてくれるかニャ〜。それよりやっぱ、幻のプーギーをつかまえるべきかもニャ。そしたらニャんか、答えがあるかも」

「じゃあ、今度こそなにがあってもプーギーをつかまえるんですニャ？」

「万全の態勢で臨まニャいといけニャいニャ。モンスターに襲われるかも、ってびくびくしながらさがすんじゃニャくて、ニャにがあっても大丈夫！　な感じで」

「呪いを掛けるようなプーギーですニャ……つかまえようとすると、なにかもっとこわいことが起こるのかも。一匹ずつ消えちゃうんですからニャ……どうやって消えるのニャ……地面から手が伸びて引き込まれるとか……？」

な、なんだかこわい想像ばかりしてしまう。

ココアとピンクは顔を見合わせた。

「今のあたしたちじゃ、無理ニャ」

「ですよニャ。モンスターも、地面から伸びる手も、わたしたちじゃかないませんニャ」

「じゃあ、管理人さんたちは、あきらめるニャ……？」

消えてしまった仲間のことは忘れて、自分たちだけ「これからの村」へ帰る……？

「できませんニャ、そんなこと！」

「うんうん、無理ニャ！」

どんだけこわくても、無力でも。

仲間を見捨てて逃げることなんて、できない。

「今のあたしたちに無理なら、新しいあたしたちになればいいニャ」

「新しいわたしたち……今よりレベルアップしたわたしたちですニャ？」

でも、どうやって……？

「おはようニャ。管理人さんはいたのかニャ？」

ぽかぽかさんさん陽当たりのいい桟橋で、深刻な相談をしていたココアたちに、のんびりした声が掛かった。

「ポンズさん。おはようございますニャ」

「まだ見つからニャいニャ」

「島に帰ってないとしたら、樹海で迷子になったとか、その線かニャ。さがしに行くなら、ボクも手伝おうか？」

「ありがとうございますニャ。ポンズさんがいたら心強……」

言いながら、ココアは思いついた。

「そうだ、ポンズさんに助けてほしいですニャ」

「え、なにニャ？」

「わたしたちを、モンニャン隊に入れてほしいですニャ！」

「モンニャン隊に？」

「ココア？」

ポンズだけでなく、ピンクも目を丸くする。

「わたしたちは、新しい、レベルアップしたわたしたちにならなきゃいけないんですニャ。それには、モンニャン隊の経験と、強い装備が必要ですニャ」

「ニャるほど！　ニューバージョンのピンクとココアになるには、モンニャン隊に入るしかニャいニャ！　ポンズ、あたしからもお願いニャ、狩りに行きたいニャ」

「えっと、たしかに今日のモンニャン隊はまだ出かけてないから、間に合うけど……大丈夫かニャ？」

「よろしくお願いしますニャ!!」

ということで、ついにココアとピンクも、狩猟初体験!!


ポンズの計らいで、本日のモンニャン隊は、ベテランアイルー二匹とポンズ、ココア、ピンクの五匹で狩猟に出ることになった。

ココアとピンクは木の実で作ったお手製のヘルメットだけつけた姿。ポンズたち、きちんと防具を身につけたアイルーたちとは違っている。

「目的地は近くの砂漠。近いから、すぐに帰ってこられるニャ」

「砂漠があるんですかニャ！」

「暑いのかニャ～」

「目的は、リノプロスの端材を手に入れること。リノプロスは草食モンスターで、縄張り意識が強いけど、頑丈な端材が手に入るニャ。ボクらからすると大きいけど、モンスターとしては小型に分類されるニャ」

「りのぷろすのはざいですニャ」

「縄張り意識が強いってことは、縄張りに入ると襲ってくるってことニャ。襲われるのニャ」

ココアとピンクは、ガチガチ。

「あのー……落ち着いて？　リノプロスの端材採りは大型モンスターに比べたら難しくないし、狩猟自体はボクたちがやるニャ。ココアたちは後ろからお手伝いしてくれればいいニャ」

「後ろからがんばりますニャ！」

「すっごく後ろからがんばるニャ！」

なんとも腰の引けたレベルアップ作業。

それでも、志は高いからね！　ココアとピンクは覚悟を決めて、モンニャン隊のタルボートに乗り込んだ。

「このボート、狭くないですかニャ!?」

「五匹乗りとは思えニャいんだけど!?」

ギュウギュウかつグルングルン振り回されて、初狩猟の緊張感も吹っ飛んじゃう。

「やっぱり狭いよニャ？？　そんな気はしてたニャ」

ポンズはのんびりそう言うけれど……。

「あ、ポンズが飛ばされた」

タルボートの帆の上にようようと立っていたポンズは、波に振り回されたはずみでぽーんと飛ばされ、遠くの波間にぽちゃんと落ちた。

「ちょ……っ、ポンズさん!?」

「いいのニャ!?」

あわてるのはココアとピンクだけで、他のアイルーたちは驚かない。

「いいっていいって。いつものことだニャ」

「ポンズってドジだから」

「……いつものことなんですかニャ」

ボートが狭くて中に入れなくて、帆の上に乗っているのはいいものの、飛ばされて海に落ちるのが、いつものことなんだ……そして、ボートが狭いって、言われるまで気づいてなかったんだ……。

のんきというか、なんというか。

「いやあ、ひどい目に遭ったニャ」

ポンズはじきに泳いでボートにたどり着いた。気にした風もなく、また帆に登っていく。

「一回で済んだらツイてる日だよニャ」

「そうそう。ポンズはヘタしたら二、三回落ちるニャ」

「まいったニャ。ははは」

「いや、笑いごとじゃないですニャ」

「ココア並みにドジなアイルーがいるんだニャ。それでモンニャン隊が務まるんだもんニャ……あ、ニャんかあたし、自信わいてきたニャ」

ピンクはなんだか、達観したみたい。

「……ニャ？」

ココアはぴこっと首をかしげた。だからココア、ここはツッコミ入れるところだってば。

砂漠は一面砂丘が広がる開放的なところだった。ここは砂漠の中でもそこまで暑くないところらしく、ところどころ草木が見えた。

「いろんなモンスターがあちこちにいるから、気をつけてニャ」

「いろんな」

「あちこち」

ココアとピンクは、思わず引っかかり部分をリピート。びくびくドキドキ。

でもポンズたちは慣れているようで、ずんずん進んでいく。

「ボクたちから離れないでニャ」

「地図かなにかないんですかニャ？」

「あ、そっか。持ってくれば良かったニャ。ボクたちはもう、マップは頭に入ってるから、持ってきてないニャ。でも、ココアたちには必要だったかもニャ」

「はー……慣れてるんですニャ。なんだかかっこいいですニャ」

「安心していいってことかニャ。ベテランのポンズたちと一緒なら」

言っているそばから、ポンズは「ふにゃっ」とわずかに生えた草に脚をすべらせ、転んでいる。……やっぱ、ドジっ子……。

「もうじき、リノプロスのいるところに着くニャ。ココアたちは後ろからこれを投げて」

「これはなんですニャ？」

「閃光玉ニャ。投げるとぴかっと光るニャ」

「すごいですニャ。文明の利器ですニャ」

「これでモンスターをやっつけるのニャ？」

「ただの目くらましニャ」

それもそうか。初心者のココアたちに、こわい武器なんか渡さないよね。ココアたちの仕事は、あくまでも後方支援。狩猟なんて、どうやればいいかわからないものね。

「さあ、いよいよだニャ！」

岩場を抜けるとオアシスのような水場があり、そこに何頭ものモンスターがいた。草食モンスターのリノプロスだ。水を飲んだり草を食んだり、静かに過ごしている。

「気づかれないように……気づきませんように……」

ココアは口の中で念じる。祈る。

だけど、端材を手に入れるためには、なにかしらしなくてはならないわけで。

「――――っ!!」

ポンズたちが狩猟を開始したのだろう、リノプロスたちが激しく動きはじめた。鳴き声を上げ、ポンズたちに体当たりしてくる。

「わわわわわ」

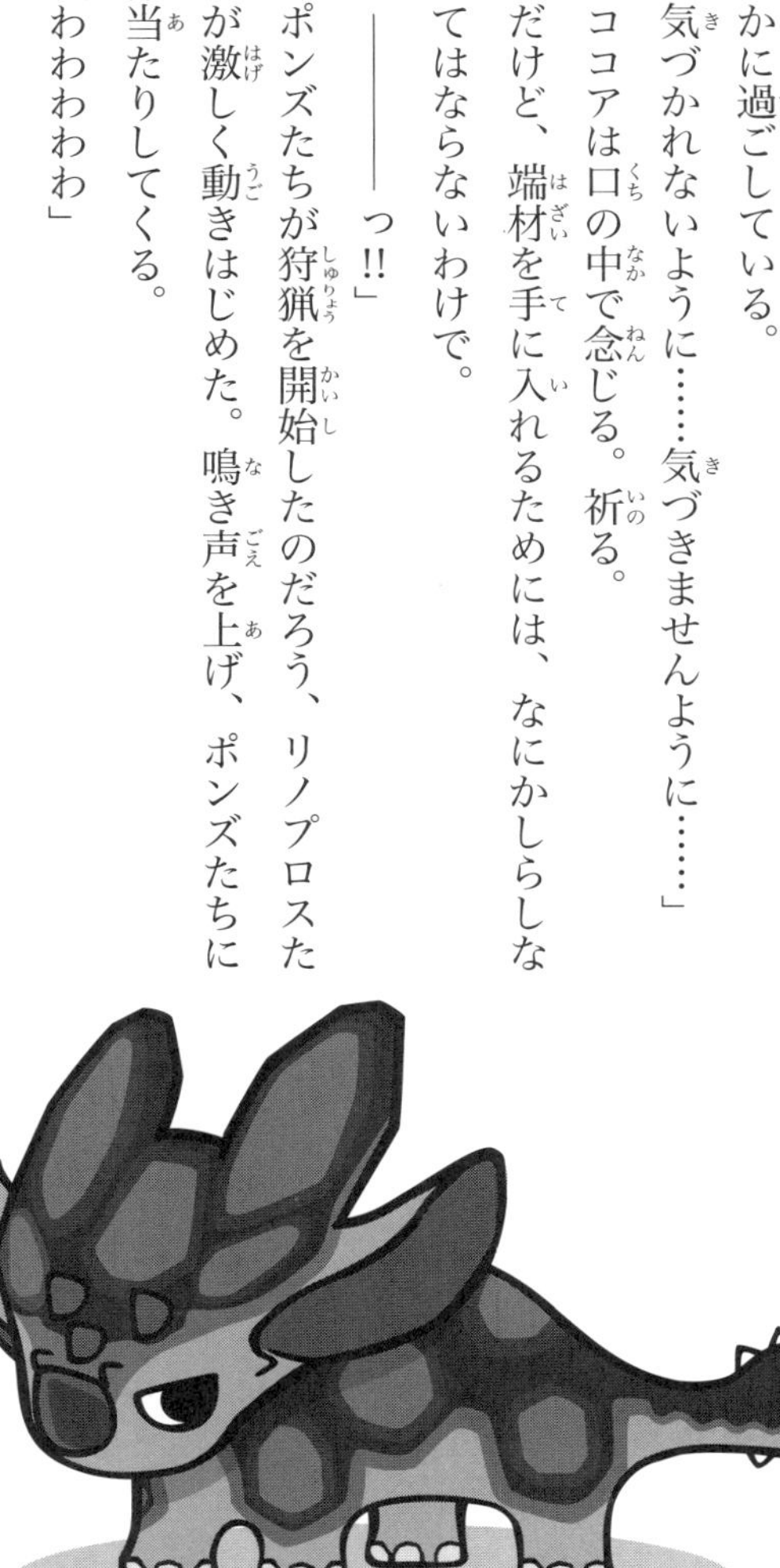

ココアはあわてて閃光玉を投げた。タイミングも狙いもナニもない！　ただもう夢中で投げた！

ピカ――――‼

あたりが一瞬、真っ白になる。それくらいの、光。

「目が……なんか、ぱちぱちくらくらしますニャ……」

「えいっ、えいニャ！」

横でピンクも、なにかやっているみたい。

ばしゃばしゃ水音がする。大きなものが通る音とか、転がる音とか。

「ポンズ、今だニャ！」

「まかせるニャ！」

ココアが何度もまばたきして、ようやくどうなっているのか見えたとき。

「あ、ココア、大丈夫ニャ？」

目の前にポンズがいて……リノプロスを一頭、頭の上に持ち上げていた。

小さなアイルーが、モンスターを持ち上げている図。

なんて、シュールなの……。


「あ〜っ、ココア、大丈夫ニャ!?　ピンクも!!」

なんだか一瞬、気が遠くなった。でもココアは、必死に気持ちを引き締めた。ここで倒れちゃダメですニャ、わたしは幻のプーギーの呪いに勝つために、モンニャン隊で成果を出すんですニャ。

「大丈夫で……す、ニャ……？」

必死に持ち直そうとしたのに。

ポンズが持ち上げているリノプロスがわずかに動いたもんだから、もう。

「い、生きてるニャ？」

「え、そりゃ生きてるニャ。端材を少しもらうだけだし」

「そうなんですか……」

ココアはそのまま、倒れた。緊張が頂点に達して、さらにぷつん、と途切れちゃったみたい。

「はあ……ほんとに、びっくりしましたニャ。アイルーがモンスターを持ち上げるなんて、カルチャーショックですニャ」

タルボートの中で、ココアは溜息をついている。

「そんなに変なことかニャ？」

「ポンズは馬鹿力が取り柄だからニャ。ドジだけど」

「そうそう、しょっちゅう失敗してるけど、腕力はとびぬけてるニャ」

首をひねるポンズに、仲間のアイルーたちが親愛のこもった評を述べる。

狩猟は成功、タルボートにはさらにもうひとつ、端材を積んだタルボートがつながれている。ポンズはそのお宝ボートの方に乗っていた。

結局ココアもピンクも、ろくにナニもできなかった。閃光玉を投げはしたけれど、ぜんぜん関係ないところで光っていたみたいだし。自分たちがくらくらしていたし、気絶しちゃったし。

それでもポンズたちはちゃんと端材を手に入れていた。モンニャン隊すごい。

「アイルーがモンスターを持ち上げるのが、気絶するほどシュールって、あたしや『これからの村』のみんなはソレ、しょっちゅう見てるニャ」

ピンクはひとりごと。

そう、ドジだけど怪力の持ち主がいるからね。リノプロスと同じぐらいの大きさの草食モンスターのコポポを持ち上げちゃう、非常識なアイルーがいる……目の前に。

「そっかぁ、ココアは、ココアのこと見られニャいんだ……ニャハハ」

ぽかぽか島に戻ってから、ポンズたちはココアとピンクに快く端材を分けてくれた。

「いいんですかニャ、わたしたち、ぜんぜん役に立ってなかったのに……」

「かまわないニャ。リノプロスの端材は、ボクたちにはそれほどめずらしいものじゃないしニャ」

「ありがとうございますニャ！」

「感謝するニャ！　ねえねえねえ、これってもう装備作れるニャ？」

「足りないものもあると思うけど……それも、分けてあげるニャ。ボクたちがこの間手に入れた中にあったはずニャ」

日常的に狩りに出かけていると、たまに多く採れることもあるらしい。それを使うのはかまわない、とポンズも他のアイルーたちも、ココアたちに必要なものを分けてくれた。

「やったニャ!!」

「うれしいですニャ!」

がんばったかいがあった。ポンズたちは、ココアとピンクがモンニャン隊に参加して狩りに出かけたから、こうして端材を分けてくれたんだ。なにもせずに「ちょうだい」と言うだけなら、断られていたはず。

仲間だと、認めてくれたのかも？　役には立っていなくても、がんばっていたことは伝わったはず。

「みんなやさしいですニャ」

「うん。いい島ニャ」

もう陽は傾いていたけれど、ココアたちは喜び勇んで加工屋へ行った。

「この端材で、装備を作ってくださいニャ!!」

「素敵な服がいいニャ！」

加工屋はすぐに二匹分の防具を作ってくれた。

「リノプロネコヘルムとリノプロネコメイルだ」

差し出されたのは、桃色の兜と鎧。

「カルチャーショックですニャ！　はじめての装備ですニャ！」

「激ヤバ〜〜！」

すぐさま、身につける。がちゃん、がちゃんと鎧兜を装着！

「幻のプーギーと対峙するために、覚悟を決めて臨むニャ!!」

「呪いなんかこわくないですニャ！　どっからでも掛かってこいですニャ！」

拳を握って夕陽に吠える、やる気メラメラな二匹。


その姿は、桃色のクマだった。

しかも、ゆるさのある癒し系デザイン。

「リノプロスで作れる防具って、桃色のクマなんだよニャ。あんなに燃え上がってるのに、アレでよかったのかニャ……？」

ポンズが首をかしげている。もっとかっこいい防具の作れるモンスターにしておけば良かった？

それに、端材からは武器も作れるんだけど、ココアたちは素敵な服……防具のことしか頭にないみたいだし。

「ま、いいか」

ココアたち自身が満足しているみたいだしね。

「わたしたち、レベルアップしましたニャ！」

「新しいあたしになったニャ〜〜！」

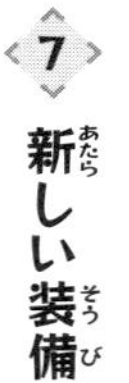

7 新しい装備

よたよたと桃色のクマが二匹、樹海を歩いている。

そっくり同じ姿だけど、背中に愛用の笠を背負っている方がピンクだ。

「慣れないと、動きにくいもんですニャ」

はじめて着る装備にココアは悪戦苦闘中。

「ふんふん、ニャるほど。あたしはニャんか、コツをつかんだかも～」

器用なピンクは、ココアほどよたついていない。だんだん動きがなめらかになり、ついにはしゃきしゃき動き出した。

「待ってくださいニャ」

「スキップだってできちゃうニャ」

「わーん、待ってくださいニャ〜〜」

二匹は幻のプーギーをさがして、あちらこちら歩き回っている。

プーギーがどこに現れるかわからないから、できるだけたくさん、いろんなところを選んで歩く。岩の間も地面に突き出た木の根っこの上も、広い開けた空間も、緑濃い静かな場所も、選ばずかまわず、全部さがした。ツタを伝って崖の上に登ったりもした。

もちろん、何度もランポスなどの小型モンスターに遭遇した。

「大丈夫ですニャ、こんなときのために装備を用意したんですからニャ！」

「そうニャ。ランポスニャんかぜんぜんこわくニャいもんニャ〜〜」

と、桃色のクマ二匹、逃げるのではなくど——んと立ち向かおうと……したけれど。

「ニャ？　防具を着てはいますが、それで、どうなるんでしたっけニャ？」

「どうって……あれ？」

防具だけあっても、モンスターには立ち向かえません。防具は防具、守るものです。攻撃するものではありません。

「しまったニャ！　武器を作ってニャいニャ!!」

ココアたちが持っている武器は、自分たちで作った木の枝の棒だけ。端材で武器を作ることは、すっかり忘れていた。

ココアとピンクは、顔を見合わせる。見た目には、クマ二匹が、顔を見合わせている図。

「きゃ〜〜っ！」

「きゃ〜〜！」

次の瞬間、二匹そろって逃げ出す。装備の分だけ身体が重くて大変！

「はあはあはあ、余計疲れますニャ……」

「信じらんニャい……」

なにをやっているのやら。でも防具は身を守るもの、脱ぐわけにもいかないしね。そんなことが幾度もあって、本当に大変。

それに……やっぱり、背後になにか、気配を感じる。ココアは何度も振り向くけれど、正体はわからない。

「ピンクちゃん、なにか感じませんかニャ？」

「ニャーんにも？　ココア、考えすぎニャ。前ニャ、前。前だけを見るのニャ！」

何度言っても、ピンクはまったく取り合ってくれないし。

気のせい……なのかなあ？　なんだか怪しいモノが、ずっとあとをつけてきている気がするんだけど……。

不安要素ばかり。

でも、がんばる。

消えた仲間たちのために。

「幻のプーギーさん、出てきてくださいニャ。もうつかまえたりしませんニャ」

「と言いつつ出てきたところをつかまえて、管理人さんをどこへやったか白状させるニャ」

「えっ、そうなんですかニャ？」

「ニャんて嘘ニャ。だから幻さん、出てきてニャ」

「どっちが本当なんですかニャ？」

っていうかピンク、ネロのことも心配してあげようよ。

「ピンクちゃん、幻のプーギーを見つけたら、まず話をするのがいいと思いますニャ。

これが幻のプーギーの呪いなら、それを解いてもらうために、お願いするんですニャ」

「え～～？　問答無用で呪いを掛けてくるような相手に、お願いしても無理じゃニャい？　それよりやっぱ、まずつかまえて、それから言うことききかせるなりお願いするなりした方がよくニャい？　逃げられたら意味ニャいしー」

「お願いしてる間に逃げられちゃいますかニャ……」

「ね？　だからまず、つかまえるのニャ！　がしっと！　あのカワイイカワイイ幻さんを抱っこしちゃうニャ！」

「抱っこ……したいですニャ……」

「ねえねえねえ！　抱っこしたいよニャ！」

呪いを掛けるこわい相手が、とてつもなくかわいすぎるということは、どうにも複雑。

「こうして装備をととのえて来てるんだから、幻のプーギーが実は凶暴で、抱っこしたら襲ってきたりしたとしても、耐えられるはずニャ」

「はっ、そのための装備ですニャ？」

「そう。幻のプーギーを抱っこするために防御力アップが必要だったのニャ。ニャハハ」

「武器を作り忘れたからじゃなく、プーギーを抱っこするためですかニャ。ピンクちゃんすごいニャ」

なんて前向きな考え方。失敗じゃないです、わざとこうしたんです。ピンクの調子の良さは、こういうところでも力強い。

「あ、また分かれ道ですニャ。どっちに行きますニャ？」

「……こっちかニャ」

少し考えてから、ピンクが右の道を指さした。

「どうしてですかニャ」

「こっちの方から、水音がするニャ。滝とか激しい音じゃニャく、さらさらしたキレイな音ニャ」

「……そういえば、穏やかな気持ちのいい音が聞こえてきますニャ」

この奥に、川かなにか、水が流れているところがあるらしい。

「ピンクちゃん、喉が渇いてるんですかニャ？」

自分が飲みたいから水のある方を選んだのかな、と思ってココアが聞くと、ピンクはぶんぶん首を振った。クマの首だけど。

「あたし考えたんだけど、プーギーって今までわりと、決まったところに出てきてニャい？」

「いつもチガウところに現れますニャ」

「そうニャんだけど、プーギーがいるところは、モンスターがいニャいような」

「そうでしたかニャ？」

何度もモンスターに追いかけられているから、違いがわからない。

「あたし、ニャんかわかりかけてきた気がするニャ……もう少しニャにか……パーツがそろえば……」

「ピンクちゃん？」

考え込んでいたピンクは、ココアに名を呼ばれてはっと顔を上げた。そしていつものように笑う。クマだけど。

「ニャハハ、さ、行こうニャ！」

「……ピンクちゃん？」

奥へ進むとどんどん水音がはっきり聞こえるようになってきた。緑も多くなり、ほっとするような明るい空間が目の前に広がった。

「わ〜、きれいなところですニャ。あ、あっちに川がありますニャ」

その川のほとりに、小さな動くモノがあった。

丸い身体に小さな脚、愛くるしいお尻……あのカタチは、間違いない！

「いましたニャ!!」

幻のプーギーがいた。最初に見たときと同じ、シマシマの服を着ている。

さっきピンクが言っていたように、周囲にモンスターはいない。

「幻のプーギーニャ！　……やっぱりカワイイニャ」

「ほんとにかわいいですニャ。幻のプーギーさん、管理人さんとネロさんを返してください」

話しかけながら、じりじりと近づいていたんだけど。

もう少しでジャンプしたら届きそう、という距離なのに、プーギーはまたぷいっとお尻を向けて、走り出した。

「待つニャ！」

ココアとピンクは追いかける。

装備はがっしゃがっしゃ鳴るし、二匹は「待て待て待つニャ〜〜！」「逃げないでくださいニャ、管理人さんたちのことを聞きたいだけですニャ！」とわめきながらだし。

いつにも増して騒がしい。

そうやってうるさく走り回るせいか、駆け抜ける途中にいたおとなしいモンスターたちも大迷惑。鳥に似たモンスターのガーグァはぶつかったはずみに卵産んじゃうし、草を食んでいたケルビの群れはいっせいに逃げ出すし。

プーギーが飛び込む茂みにココアたちも飛び込んで、ツタや枝に絡まって動けなくなったり。

装備の分、自分の身体の大きさがつかみきれず、あちこちぶつかっちゃうのね。入れると思った隙間に入れずじたばたしたり。

必要以上に、体力を消耗した。

「もう少しでつかまえられますニャ！」

ココアもピンクも、ふらふら。

プーギーも疲れたのか、たどり着いた水辺でじっとしている。ココアとピンクは、岩の陰から様子をうかがった。

「やっぱり、また水辺にいるニャ。そして周囲にモンスターの気配はニャい……」

ピンクがなにかつぶやいている。

だけど、ココアは気にしていない。

ココアは今、前方の幻のプーギーしか見えていない。

「幻のプーギーさん、管理人さんとネロさんを返してくださいニャ」

心からお願いするのだけど、プーギーは動かないし、なんの答えも得られない。やっぱり、つかまえてみるのがいいのかな……？

「消えたアイルー……幻のプーギー……幻のプーギーをつかまえようとするとこわいことが起こる……」

ピンクは立ち止まって、ぶつぶつと口の中でつぶやいている。ココアはピンクを残したまま、じりじりと前へ進んでいく。説得に熱が入りすぎていて、ピンクが立ち止まっていることにも、自分が進んでいることにも、気づいていない。

「つかまえようとしたのがいけないなら、謝りますニャ。もう二度としませんニャ。だからお願いします、管理人さんとネロさんを返してくださいニャ」

「そもそも、幻のプーギーって……？　あ〜、ニャんかすっごく疲れたニャ。身体もアタマも使いすぎニャ！」

「仲間を消しちゃうなんて、ひどいですニャ！」

ココアはつい、泣き言を口にしてしまう。お願いでも説得でもない、ただの泣き言。

「管理人さんもネロさんも、大切な仲間ですニャ。いなくなったら悲しいですニャ、寂しいですニャ」

言ったあとで、反省する。ダメだ、こんなこと言っても仕方ない。こんなんじゃピンクちゃんに「ニャ〜に言ってんの」って言われちゃう。でも、ピンクからのツッコミは入らなかった。

後ろの方から「え？」という、ピンクの声が聞こえた、ような気がした。

「ダメダメですニャ、つい泣き言こぼしちゃいましたニャ。プーギーさん応えてくれないし、ピンクちゃん、どうしたらいいと思いますニャ？」

ココアは後ろにいるピンクに尋ねた。

だけど、返事はない。

「ピンクちゃん……？」

いつの間にか前に進みすぎて、離れてしまっていたみたい。ココアはピンクのいるところへ戻った。

疲れたのか、ピンクは草むらの中にある岩に、もたれるように座り込んでいる。

そういえばさっき、ピンクの声を聞いたような。なにかあったのかな？

「ピンクちゃん、どうしたんですニャ？」

返事がないので、クマの頭に触れる。すると、ころんころんと頭が転がった。

「…………‼」

そこにあるのは、装備だけだった。

ピンクは、消えていた。

8 ココアとポンズ

「ピンクちゃんが……ピンクちゃんが……！」
ココアは真っ青になってぽかぽか島へ戻った。

「でもね……幻のプーギーをつかまえようとすると、こわいことが起こるって話ニャ……」

「いやぁ、オレの担当は海竜だから。飛竜はちょっとチガウんだな〜」

「あ、管理人さんがニャにか言ってるニャ」

「え？　なんですかニャ？」

「先に帰ります、って言ってるニャ？」

「あたし考えたんだけど、プーギーって今までわりと、決まったところに出てきてニャい？」


今までの仲間たちとの会話が、姿が、笑顔が浮かぶ。

それが、なくなってしまった？　壊れてしまった？　消えてしまった？

ネロが消えて管理人さんが消えて、ついにはピンクまで。

これって、幻のプーギーを追ったせい？

島へ戻るなり、帽子をかぶったアイルーと目が合った。

「どうしたニャ？」

ポンズだった。

知った顔を見て、ココアの涙腺が一気にゆるんだ。

「ポンズさん、幻のプーギーの呪いですニャ、こわいですニャ！」

ココアはポンズに泣きついた。

最初に会ったのがポンズで、幸運だった。

ココアに力任せに体当たりされて、ポンズはたじろいだけれど、受け止めてくれた。ココアのぶちかましを受けたら、吹っ飛ぶよ、ふつうのアイルーなら。だから、ココアが最初に会ったのがポンズだったのは、他のアイルーたちにとっても幸運だった。

「幻のプーギーの呪い？」

「ポンズさんの言う通りでしたニャ。幻のプーギーをつかまえようとしたせいで、みんなみんな消えちゃいましたニャ」

ココアは、ピンクまで消えたことを話した。ついでに、これまでのことも改めて全部。まずネロが消えて、管理人さんが消えて、そしてついにピンクまで。

「ピンクちゃんまで……」

繰り返しながら、またさらに泣けてくる。呪いがこわいということもあるけれど、それよりも悲しさとくやしさが大きい。

なんにもできなかった……あんなにそばにいたのに。呪いを警戒していたはずなのに。

わたしがドジだから、鈍いから、みすみすピンクちゃんを失ってしまった……。

「うーん？　こわいことが起こるとは言ったけど……」

ポンズは首をひねっている。

泣くだけ泣いて、ココアはキッと顔を上げた。

そう、悲しさと、くやしさ。なんにもできずに逃げ帰って泣いているなんて、なにそれ。

くやしい。大切な仲間を奪われて、泣き寝入りなんかするもんか。

「ピンクちゃんを助けに行きますニャ！　消えたばかりだから、今すぐ助けに行けば連れ戻せるかも！」

ココアの理屈は意味不明だけど、その心意気だけは伝わる。ポンズは、

「わかったニャ、ボクも協力するニャ！」

と言ってくれた。

「モンスターのいる場所を突っ切って行くわけニャ？　ボクらくらいの装備で出かけた方がいいニャ」

「はい、だからわたしはこのリノプロ装備のままで行きますニャ」

脱いですっきりしたいのは山々だけど、ここはぐっとこらえる。

でもポンズは首を振った。

「リノプロより頑丈な装備の方がいいニャ。ボクに任せるニャ」

「ニャ？」


ということで、ココア変身。

気合いの本気装備、ココアとポンズは二匹そろって青い鎧兜に身を固めた。

「かっこいいですニャ……！　ものすごくかっこいいですニャ！　これって、なんていう装備ですかニャ？」

「ジンオウネコシリーズだニャ。ジンオウガの端材でできてるニャ」

「ジンオウガ……！　知ってますニャ、ビリビリどっかーん、ものすごくこわい巨大モンスターですニャ」

「そう。武器もこの通り、ジンオウガの『王ネコ剣ゴロゴロ』だニャ」

ポンズはシャキンと剣を構えてみせる。

「この剣もジンオウガの端材で作られてるんですニャ……！　かっこいいですニャ。強そうですニャ」

　ポンズに頼まれ、島のアイルーがココアの分もシリーズ一式貸してくれたんだ。ココアも見よう見まねで剣を構える。よーし、ランポスなどの小型モンスターは、これで追い払える！

「なんかよくわかんないけど、がんばれー」

　島のアイルーたちが、拍手で見送ってくれる中、ココアとポンズは樹海へとくり出した。

　樹海では、ポンズが軽々とモンスターを退ける。

「なんか、おどかしちゃって悪かったんで、

罪滅ぼしにボクががんばるニャ。ココアは後ろからついてきてニャ」

「ニャ？　あの、言ってる意味が……」

「だから、ボクに任せてってことニャ！」

わからないのは、その「おどかしちゃった」って部分なんだけど、ポンズは独り合点してランポスをばんばん退けていく。

「ポンズさん強い……でも、そそっかしい……」

相手の話は聞こうよ、ちゃんと。

ポンズがナニを罪滅ぼししているのかわからないけど、ココアは言われた通り、後ろについていく。

それでココアは気づく。

「あのー、ポンズさん」

「なんニャ？」

「剣の使い方って、そうでしたっけニャ？」

剣ってたしか、斬るものだったよね？　でもポンズは、剣を使って、モンスターをぶっ飛ばしている。力任せに。

「ボクは、怪力しか取り柄がないのニャ。だから武器使うのは苦手ニャ」

「はあ……」

「あー、邪魔だニャ、ごめんこれちょっと持っててニャ」

「はあ……って、ポンズさん!?」

邪魔だからって、剣渡されても……!

ポンズは両手で近くの岩を「よいしょっと」と持ち上げて、いきなりぶーんっと放り投げた。

ランポスの巣につながっているのか、岩の裂け目の穴からランポスがどんどん出てくる、その穴めがけて。

岩はどっしーーん、と穴の上に命中、フタになった。

「さ、これでしばらくは出てこないニャ」

なんという怪力!! 剣を使うより、よっぽど役に立つ。

「ポンズさん、すごいですニャ……」

「そ、そうかニャ？　ボクすごい？　そんなことないニャ〜〜、ボクなんてほんと、力だけが取り柄で……」

謙遜するわりに、本当にうれしそう。顔がにっこにっこになって、平常心を保つためにか無理に歩き出して、

「ふにゃ!?」

転ぶし。

「なんだか、ポンズさんってわたしみたいですニャ」

「え、そうかニャ？」

「わたし、ちょっとだけ力持ちなんですニャ。ポンズさんの足元にも及ばないですけど」

ココアは自分を「ちょっとのんきでちょっとドジ」で、ついでに「ちょっとだけ力持ち」なだけの、ふつうのアイルーだと思っている。だから本気で「ちょっとだけ力持ち」と言っているんだ。

「そっかぁ。でもココアは、ボクほどドジじゃないよニャ」

「そうですニャ。そっちも足元にも及ばないと思いますニャ」

だからココアは、本気で言っているんだってば。自分は「ちょっとドジ」なだけで、あくまでもふつうのアイルーだって。ここにピンクがいたら、きっと別の意見を言うだろうけど。

「ははは。ボクは仲間たちからも、ドジだドジだって言われてるからニャ。言われてもぜんぜん気にしてないし……って、それがいけない、とも言われてるニャ」

ポンズはのんきに話す。ドジだけど力持ちでいざというとき頼りになる、そんなアイルーなんだろう。

たしかに、ココアとポンズは似ている。同じ毛並みだし、今のように同じ装備姿だと、鏡を見ているみたいだ。ちょうど、「これからの村」の管理人さんと、ぽかぽか島の管理人さんがそうであるように。

「幻のプーギーのことにしても、ボクがどんくさいせいニャ」

「ニャ？」

「あっ、ゲネポスニャ！　ココア、下がって！」

ポンズはまた剣をわしづかみにして、バットみたいに振り回す。かっき――ん、と襲いかかるモンスターを打ち上げちゃう。……剣よりもバットを持ってきた方が良かったんじゃあ……？

ココアは言われた通り、ポンズの後ろに隠れ、なんとも気まずい思いを抱いていた。

こうしてなんにもせずに守られてる、っていうのが……居心地悪い。いつだってココアは率先してなにかしてきたわけで。役に立っていたかどうかは微妙でも、なにかしら動いていた。

同じ毛並みで同じ装備の、見た目そっくりなアイルーが二匹いて、片方は忙しく働いているのに、もう片方はなにもせずにぼーっとしているんじゃあ、最初から一匹だけ来れば良かったってことで……あれ？

それじゃ最初からポンズ一匹に任せていればよかった、ってことになるよ。

「あの、ポンズさん。わたしもお手伝いしますニャ」

「気にしないでいいニャ。ココアは装備にも武器の扱いにも慣れてないから」

って、たしかにその通りで、慣れているポンズに任せておくのがいちばんかもしれないけど。ってそう言うポンズも武器はまともに使っていないけど。

でも、なんだかそれじゃあ……ココア、いなくていいみたいじゃん？

あれ？　あれ？　なんだか、気分がどんどん落ちてくる。

ココアはふだんあまり深くものを考えないので……こんなこと、はじめてだ。

なんでこんなにダメダメな気持ちになっているんだろう。

「これからの村」にいるときは、こんなにへこむことってなかった気がする。失敗して落ち込むことはあったけど、しょんぼりした次の瞬間には復活していたような？

「ここが、『これからの村』じゃないからですニャ」

ここは、ココアの村じゃない。まだまだ小さいけれど、のんびりのどかな、「これから」に希望の詰まった、ココアのホームじゃない。

そして、なによりも。

仲間が、いない。

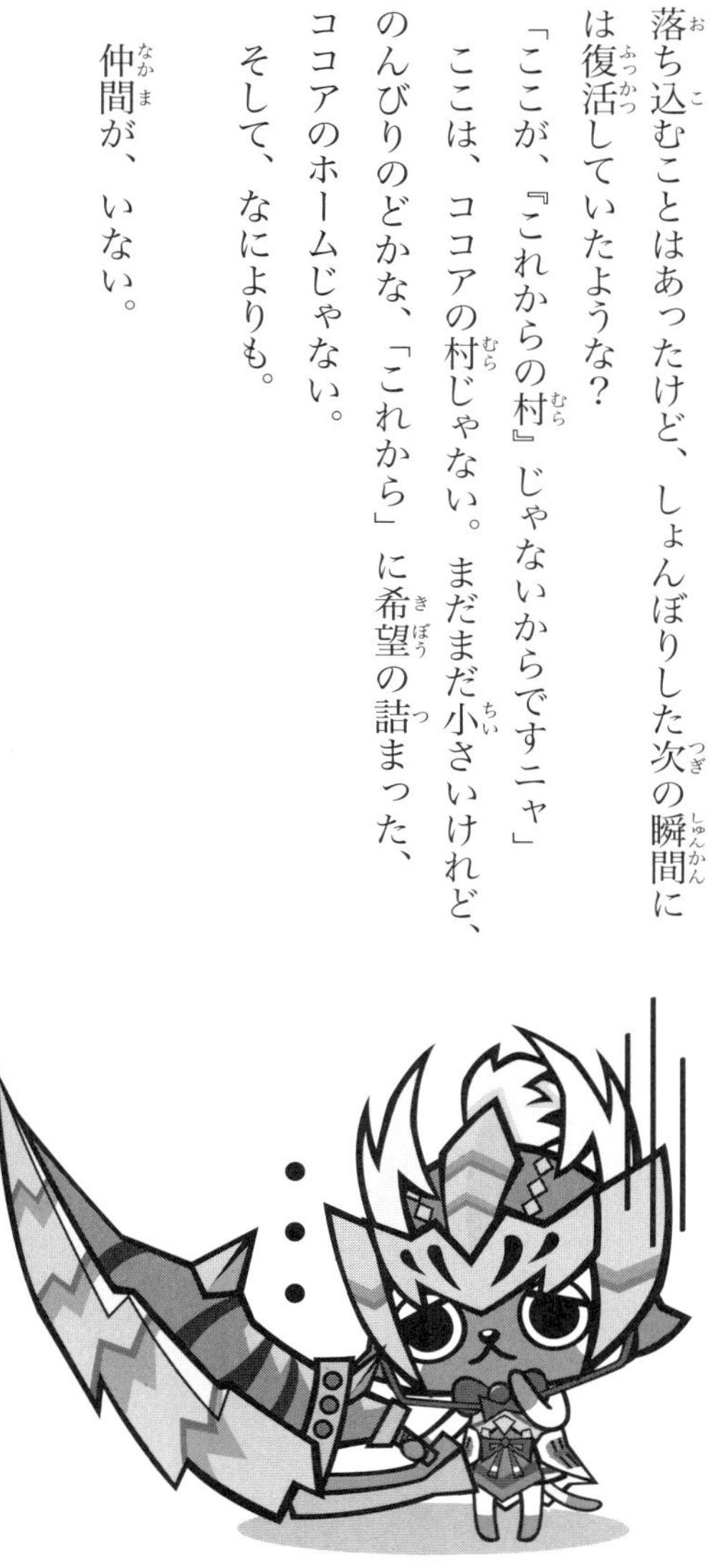

「これからの村」の仲間たちの顔が、次々浮かんできた。

おいしい料理を食べさせてくれるクッキン、鉱石が大好きなルナ、プーギーと話せる園長さん、食いしん坊のトマトとランチ、自家用気球を持っているお嬢様交易家のアリア、アイドルのキラ、ニャンキーなカリスマ……。

そして回想にすら「ワシだ、ワシ！」とやたら自己主張してくる長老……。


「ネロさん、管理人さん、……ピンクちゃん……」


こんなときピンクちゃんがいたら、「ココアってば、ニャにくだらニャいこと言ってんの！」って背中をばしんとやってくれるのに。

管理人さんだったら「お茶はいかがですか？　おいしいお茶を飲んで、ほっこりしましょ」って笑いかけてくれる。

ネロさんだったら「オレに憧れる気持ちはわかるけどなー」と、わけのわからないことを言ってくれる……って、あれ、ネロのはちっとも「いい話」じゃない気もするけど……

ま、いっか。

とにかく、みんなが恋しい。いつもの「これからの村」の仲間がいないと。

ココアは痛感する。

今、こんなにダメダメな気持ちになっているのは、仲間がいないせい。

だからこそ、仲間を助けないと。

「プーギーの呪いに打ち勝たなくては……！」

へこんでいる場合じゃない。

後ろで守ってもらっている場合じゃない。

「ポンズさん、やっぱりわたしもお手伝いしますニャ！」

ココアも剣をバット持ちして前へ出た。剣の使い方はわからないけど、力任せに振ることならできる。

「ありがとうニャ。でも、みんないなくなったニャ」

ポンズが全部遠くへぶっ飛ばしたらしい。

「……ポンズさん、すごいですニャ……」

「そんなことないニャ……照れるニャ」

ポンズはまた、誉められてうれしそうにしている。

「さ、先を急ぐニャ」

「はい。でもポンズさん、どこへ向かってるんですかニャ？」

「え？　プーギーのいそうなところにだけど？」

「え？　プーギーのいそうなところがわかるんですかニャ？」

「あれ？　ボク、説明してなかったかニャ？」

「ええ？　聞いてませんニャ！」

「あれえ？　言ったつもりでいたニャ。それじゃココア、どこへ向かってるつもりだったのニャ？」

「……考えてませんでしたニャ」

だから、こののんきでドジな似たもの同士を組ませるのやめて。

「えー、そのー。プーギーがどこに現れるかはわからないけど、現れそうなところは見当がつくのニャ。プーギーは、モンスターの出ない安全地帯にだけ現れるんだニャ」

「えっ。そうなんですかニャ!?」

そういえば、ピンクがそれらしきことを言っていたような。プーギーを見つけたのは、大抵のどかな場所でだった。水辺だったり、緑が豊かな明るい場所だったり。

「樹海には、モンスターの出ないエリアがあるニャ。狭い遺跡の中とかもだけど、それ以外にもなぜかモンスターが一切近づかない、聖域のような場所が多数あるニャ。プーギーが現れるのは、その聖域ニャ。プーギーは本能で危険かどうかがわかるのかもしれないニャ。それで、モンスターの出ないところを選んでいるのかも」

「たしかに、その通りですニャ。プーギーとモンスターを一緒に見ることはなかったですニャ」

言われるまで、ぜんぜん気づかなかったけど。

頭の回転が速いピンクは、気づいていたみたい。

ココアがのんびりドジな分、ツッコミキャラのピンクは必須。ピンクはいつも楽しそうに、ココアにツッコミを入れたりフォローをしたりしていた。

「ピンクちゃん……」

ピンクちゃんに会いたい……ココアは、心から思う。ココアのいちばんの仲良し、いつも一緒の相棒。

ピンクちゃん、無事でいてくださいニャ……！

そう強く思ったせいなのか。

遠い木々の間に、ピンクの姿を見た……気がした。

「ピンクちゃんですニャ！」

あわててそちらへ向かって駆け出したけど、姿はすぐに見えなくなった。

「幻……？」

まさか、ピンクちゃんの幽霊……？　そ、そんなことない、ピンクちゃんは元気にしているはず。悪い予感なんか吹き飛ばすんだ、ココアはぶるぶると首を振る。

「とにかく行ってみるニャ！」

ポンズが走り出し、ココアも続く。

ピンクの姿を見かけた気がした方向へ。

大きな木々の間を抜けると、さぁーっと視界が開けた。

さわさわと水が流れ、緑が濃い、美しい場所に出た。

「きれいなところですニャ」

「ここは、ボクもはじめて来たニャ」

一歩踏み出せば、足元の芝生がふわりと体重を受け止めてくれる。ふっかふかだ。

「ポンズさん、あれって……」

「うわあ」

そこには、プーギーがいた。

一匹じゃない。
一、二、三、四、五……十四匹……いや、それ以上？
プーギーたちがたくさん、楽しそうにすごしていた。水を飲んだり草を食べたり、昼寝をしていたり。プーギーたちの楽園……？　いや、そんな大袈裟なものじゃないにしても、プーギーたちの休息場所であるらしい。

それだけでも十分、信じられない光景だ。

その上。

そこになぜか、ピンクもいた。

9 プーギーの真実

そこは、樹海に迷い込んだプーギーたちの憩いの場。大袈裟に言えば楽園。

たくさんのプーギーたちが、思い思いにくつろいでいる。

そのしあわせそうな空間に、とびぬけてしあわせそうなアイルーが一匹いた。

「あ〜、プーギー、チョーカワイイ。とろけるニャ〜〜」

両手にプーギーを抱いて、そのまま芝生の上をころんころんと転がったり、おなかの上にプーギーを乗せて寝転んでみたり。

「あ、逃げたニャ。よーし、つかまえちゃうニャ☆」

と、キャッキャウフフと追いかけっこしたり。

「えーっと……」

ココアは、言葉もない。

それはあまりにも嘘くさい……絵に描いたような「しあわせ」の図で。

「ここは天国？　わたしは夢を見ているのニャ？」

脚が動かない。進めない。

幻のプーギーの呪いで消えたピンクが、夢のようにしあわせそうにしている……プーギーといちゃいちゃしている……なにコレ意味わからない。

幻かな？　ピンクちゃんに会いたいと思うあまり、ココアはこの世にない光景を見ているのかもしれない……！

でも。

「あっ、ココア！」

幻が、手を振っている。

「遅かったじゃニャいの。あれ？　ニャにその格好？　ニャんで着替えてるのニャ？」

ピンクはココアのジンオウネコ装備を見て目を丸くしている。なんて生身っぽい反応。

……って、幻じゃ、ない!?

「ピンクちゃ～～ん!!」

ココアは泣きながらピンクに駆け寄っていく。

「生きてた！　ピンクちゃん生きてたニャ～～!!」

「ちょ、ココア？　んな大袈裟ニャ……って!!　きゃ～～っ」

だから、ココアに思い切りタックルされたら吹っ飛ぶって!!

ピンクとココアは一緒になってゴロゴロ転がった。下がふわふわの芝生で良かった……。

「ねえねえねえ、ちょっと落ち着くニャ、いったいどうしたニャ」

「だって、だって、振り返ったら装備だけになってて、クマさんの頭がころん、って」

えぐえぐ泣くココアをあやしながら、ピンクは説明する。

「疲れたから『装備脱いで休憩するニャ』、って言ったニャ。聞いてニャかったの？」

「え？」

聞いていません。そんなこと言っていた？

そう、あのときピンクは……。

「消えたアイルー……幻のプーギー……幻のプーギーをつかまえようとするとこわいことが起こる……」

ピンクは立ち止まって、口の中でぶつぶつとつぶやいていた。考えていた。気分は名探偵。このミステリーはあたしが解いてみせるニャ！

幻のプーギーがいる、ってことは、ここは安全なエリアに違いない。プーギーには野性の勘があるのか、モンスターの出る危険エリアには現れない……ピンクはそう気づいていた。

わざわざモンスターを避けるってことは、幻のプーギーは特別な力なんか持っていないのでは？　呪いでなにかを消失させられるなら、モンスターがいても平気なはずだもの。考え方を変えてみるべきだ。幻のプーギーだから消えたり現れたりできる、と信じ込むんじゃなくて、あれはふつうのプーギー、特別な力なんか持たない、「これからの村」にもいるふつうのプーギーだと想定してみる。

プーギーがつかまらないのは、「特別な力を使った」んじゃなくて、ピンクたちでは判別できないような、狭い場所や小さな穴を通って逃げていくから。この土地に住み着いているプーギーなら、抜け道を熟知しているはず。

ほら、ちゃんと推理できる。出来事に理由をつけられる。

あとは、消えたり突然現れたり、変身することだけど……これはどうすれば説明できる……？

「そもそも、幻のプーギーって……？　あ〜、ニャんかすっごく疲れたニャ。身体もアタマも使いすぎニャ！」

重い装備をつけてさんざん走り回ったから、もうくたくた。すぐそばに水も流れているんだし、休憩しよう。

ピンクはその場で桃色のクマ装備を脱いで、岩にもたせかけた。

「はあ〜。生き返るニャ〜〜」

いつものピンクの格好になって、伸びをする。ココアはどんどん前へ進んで、プーギーに話しかけるのに必死になっている。

その背中に、ピンクは声を掛けた。

「ココア、あたしちょっと装備脱いで水飲んでくるニャ」

装備はその場に残して、近くの水場へ向かおうとした。

ココアに背中を向けて歩き出そうとした、そのとき。

目の前に、「とんでもなくかわいいプーギー」……つまり、幻のプーギーがいた。

「え？」

思わずピンクは、我が目を疑った。ココアの方を振り返る。ココアは「とんでもなくかわいいプーギー」に必死に話しかけている。うん、たしかにココアの前にもプーギーがいる。

そして、ピンクの前にも……!!

これってどういうこと？

二匹のプーギーは、どちらもシマシマの服を着ているけれど、色が違う。今まで、一匹のプーギーが服を着替えていたんだと思っていたけど……二匹いるの？

ピンクは、自分の目の前のプーギーを追いかけた。

プーギーはやはりするすると逃げて、近くの茂みに飛び込んだ。いつもなら「アイルーの入れる隙間じゃニャいニャ」とあきらめるところだけど、ピンクはそのまま「ええいっ」と飛び込んだ。

すると。

目の前に、プーギーがた〜くさんくつろいでいる、夢のような世界が広がっていた……!!

「カ、カワイイ〜〜」

もうメロメロ、そのかわいい姿を愛でずにはいられない!!

「で、つい時間を忘れて、プーギーとキャッキャウフフしてしまったニャ。……ああ、カワイイ……」

ピンクは悪びれずに言う。

「てっきりココアもすぐにあとを追ってくると思ったニャ。あたしがプーギー追いかけていったの、知ってると思ってたニャ。チョーカワイイニャ」

ふつう、気配で気づくよね？

「ぜんぜん気づいてませんでしたニャ……。はあ、かわいいですニャ」

ココアは目の前の幻のプーギーに話しかけるのに夢中だったし。

それにしても。

「幻のプーギーって、一匹だけじゃなかったんですニャ？　あー、この子もかわいい……」

目の前にいるのは、たくさんのプーギーたち。そういえば、毎回チガウ服装のプーギーだったような……追いかけている途中で服装が替わっていたような……「幻の」というから、どんな服装でも「一匹の、同じプーギー」だと決めつけていた。

だってふつう「幻の」とか「伝説の」とかつくモノって、オンリーワン、たったひとつだけのモノだよね？

「カワイイニャ……もーヤバイヤバイ、あんまりカワイくて、会話にならニャいニャ」

「ですよニャ……はー、かわいい」

さっきからセリフに不要な「かわいい」が入りまくり。言葉にせずにはいられないかわいさなんだ、プーギーって。

ココアとピンクは、プーギーたちの間に座り、周囲にたくさんプーギーをはべらせて、まったくもって至福の状況になっていた。

「でも、これで説明がつくニャ。幻のプーギーが追いかけている途中で消えたりまさかの場所に現れたりするのは、プーギーが一匹じゃなかったせいニャ」

「途中で別の服に変身していたのも、単に別のプーギーに入れ替わっていただけだったんですニャ？」

「向こうが入れ替わったつもりがニャくても、あたしたちが勝手にそう思っていたのニャ」

こう考えていけば、「幻」なんかではまったくない。ごくふつうのプーギーだ。でも、ぽかぽか島のアイルーたちは、プーギーたちを「幻」だと思っているの……？

「あー……そのことについては、謝るニャ」

ポンズもまた膝の上にプーギーを乗せて、しあわせにとろけた顔をしているので、「謝る」という言葉とまったく合っていない。

「探索に出かけると、まれに迷い込んだプーギーと出会うことがあるニャ。それは一服の清涼剤、大切な癒しニャ。だからボクたちは、幻のプーギーと呼んでいるのニャ。幻みたいに、出会えたらラッキー、という意味で」

「とんでもなくかわいいから幻って……」

「じゃあ、別になにか特別なことはなくて、ふつうのプーギーをわざわざ『幻の』って言ってるわけですかニャ」

「そういうことだニャ」

「えええ〜〜……」

「ごめんニャ」

やっぱり顔はとろけている。

「ニャ〜んだ」

「そうだったんですニャ」

対するココアたちの顔もとろけているので、どっちもどっち。プーギーの園にいたら、誰だってこうなっちゃう。

「特別なのはプーギーが、じゃなくて、状況が、だニャ。プーギーはもともとみんなかわいいニャ。でも、安全な村の中とかで見かけるプーギーじゃなく、危険な樹海で不意に出会うプーギーは、とんでもなくかわいく見えるニャ」

「たしかに……」

同じモノでも状況が変われば別のモノに見える。プーギー個々が特別なのではなく、樹海の中にいることが特別なんだ。

「で、でも、幻のプーギーをつかまえようとすると、こわいことが起こるって……」

ポンズの言ったことが、ずっとずっとココアの中で重い響きを持っていた。プーギーが幻でないのなら、あれってどういうこと？

「それについても謝るニャ。ごめんなさいニャ。ボクたちにとって探索の合間に出会うプーギーは大切な癒しだから、『つかまえる』って言う外から来たアイルーには、そう言っておどかしてるのニャ」

さすがにポンズは申し訳なさそうに言った。

「ええっ!?　おどかしてるだけですかニャ？」

「まさか、ココアたちが本気にするとは思ってなかったニャ。本当のことを言おうと思いつつ、ボクがどんくさくて打ち明けるタイミングがつかめずにいたニャ」

ココアとピンクは顔を見合わせた。

ポンズを責めるわけにはいかない……よね。

思い出してみて。ココアたちはポンズには「プーギーを助けたい」とは言っていない。

「誰もが夢中になるけれど、決してつかまらない」……ポンズが「つかまらない」という言葉を使ったこともあり、そのまま「つかまえる」という言葉を使って、「旅の目的は『幻のプーギーをつかまえる！』にするのニャ」と盛り上がった……。

よそから来て、その土地のみんなが大切にしているモノに対し、そんな風に言っていたら、釘を刺されても仕方ないよね。

「それなら、はっきり言ってくれれば良かったのニャ」

「お客さんたちがせっかく盛り上がってるのに、頭ごなしに『プーギーをつかまえるのは禁止！』って言うのはどうかと思ったのニャ。それに、樹海のプーギーはすばしっこいから、つかまるわけないし。こわいことが起こる、っていう曖昧な話をするだけで十分かと思ってたニャ」

なかなかつかまらない上に、悪い噂があるんだったら、そこでやめちゃうアイルーがほとんどだろうね。無理するほどのこともない、って。

ココアたちが「幻のプーギー」と聞いてさらにテンションを上げていても、ポンズはそれ以上強い禁止もおどかしもしなかった。

実際、ココアたちだって、すぐにやめてしまったかもしれない。

……本当にこわいことが起こらなければ。

「え、でも、ほんとにこわいことが起こったニャ」

「そうですニャ。一匹ずつ仲間が消えていったんですニャ。これってどういうことですかニャ？」

最初にネロ、次に管理人さん、その次がピンク。……ピンクは誤解だったし、こうして目の前にいるからチガウかもだけど、ネロと管理人さんは消えたまま。

「そ、それはボクにも、なにがなんやら……」

「やっぱり幻のプーギーは本当で、呪いなんじゃないですかニャ？」

「だよニャ。実際に管理人さんが消えて……」

という話の途中に。

「あの～、わたしがどうかしたんですか？」

まさかの、管理人さん登場。

10 ハッピーエンド!?

「管理人さん!?　どうしてここに？　今までどこにいたんですニャ!?」

管理人さんはまったくもっていつもの管理人さん。にこにこ穏やかで、元気そうだ。

「本物なのニャ!?　大丈夫ニャ？　ケガとかしてニャいニャ!?」

「なんで消えてたニャ!?」

ココアたちにいっせいに質問攻めにされ、管理人さんはぽかんとしている。

「え、ユクモ村へ竜仙花を届けに行ってたんですけど？」

「えええ～っ!?」

「島の管理人さんから、ユクモ村に竜仙花を届けなきゃいけないんだけど、管理人のお仕事があるから行けなくて困っている、という話を聞いて。それならわたしが代わりに届けましょうか？　って提案したんです」

管理人さんは楽しそうに「ふふふ」と笑う。

「別に、そのままお届けしても良かったんですけど、試しに島の管理人さんのふりをしてみたんですわニャ。なんだか別人になったみたいで楽しかったのですわニャ」

二匹の管理人さんはすっかり意気投合して、とっても仲良し。さすがに島のアイルーたちも、ココアたち「これからの村」のアイルーたちも、二匹を間違えることはない。

でも、たまにしか会わない他の村のアイルーなら……？　という、いたずら心。管理人さんはおとなしそうに見えて、実はなかなかおちゃめなところがあったりする。

「わたしから島の管理人さんに、『うちの村には気球乗りのアリアさんってアイルーがいます。アリアさんの気球に乗せてもらったら、ユクモ村まではひとっ飛びですよ』って持ちかけたんです」

島の管理人さんも、管理人さんの案に大喜び。

それで管理人さんは、メール便でアリアに頼んで、迎えに来てもらった。もともとアリアはバカンスでぽかぽか島に来たこともあるらしいし、別の村へ行くために島の上空を通ることもあるらしい。拾ってもらうのは簡単。

「一緒に樹海へ来て、途中で別れたでしょう？　アリアさんが迎えに来てくれていたから、あそこで失礼したんです。ご挨拶したんですけど……」

なにか言いながら、挨拶している管理人さんが見えた。見えただけで、声は聞こえなかった。

「あのとき、そう言ってたのニャ……」

「聞こえてませんでしたニャ……」

「え、そうなんですか？　あら、そもそもわたし、ユクモ村に行くこと、お伝えしてませんでした？」

「聞いてニャいニャ」

「ああ、ココアさんたちが幻のプーギーさがしに盛り上がっているから、水を差しちゃいけないと思って、折をみてお話しするつもりだったんですけど……忘れちゃってました。ごめんなさい」

管理人さんはかわいく笑って言う。

「ニャ～んだ。幻のプーギーの呪いで消えたわけじゃニャかったんだニャ」

「でもわたしたち、島中をさがし回ったし、たくさんのアイルーに話を聞いて回りましたニャ。あのとき、島の管理人さんには……」

はい、もうひとつ思い出してみよう。

ココアとピンクはまずぽかぽか島に戻って、ポンズに話しかけた。ポンズが「テントの中に管理人さんはいなかった」と言ったので、それ以上島をさがすことはしなかったんだ。島は小さいから、ひとめで誰がどこにいるかわかるものね。テントの前に島の管理人さんはいたけど……話しかけては、いない。

ココアたちがいろんなアイルーに「うちの管理人さん見ませんでしたかニャ？」と聞きまくったのは、お隣のチコ村でだ。

「盲点ニャ……！」

「そうでしたニャ。本格的に聞いて回ったのは、チコ村でですニャ」

ぽかぽか島に着いたときは、まだそこまで危機感を持っていなかったものね。

「えーとそれって……なんか、すみませんニャ」

ポンズが頭をかきつつ、謝っている。いや別に、ポンズのせいじゃないよ。ポンズは見たままの情報を教えてくれただけだもん。

それに、ポンズも含め、島のアイルーたちは「幻のプーギーをつかまえようとすると、こわいことが起こる」というのがただの嘘……というか、おどかしだと知っている。だから本当にナニか起こると思っていないし、ココアたちがわいわいやっていても、深刻な事態になっていると思わない。

その結果、騒ぐのはココアとピンクだけ。ぽかぽか島のアイルーたちは、まさかココアたちが思いつめているなんて思いもよらなかったわけだ。

実際、騒ぐような事態じゃなかったわけだし……。

「島の管理人さんに尋ねていたら、一発でわかったんですニャ……」

「チコ村で聞き回ったから、もう全員に聞いたような気になってたニャ」

管理人さんはそんなココアたちのやりとりを、不思議そうに聞いている。管理人さんからすれば、自分がいない間にココアたちが「管理人さんが消えた！」と大騒ぎしていたなんて、まったく思ってもみないことだもの。

「アリアさんの都合に合わせてユクモ村で一泊して、それで今戻ってきたところです。それで、ココアさんたちがここにいるのを気球から見つけて、アリアさんにすぐそこで降ろしてもらったんです」

「じゃあアリアも近くにいるのニャ？」

「いいえ、他の村へ向かう途中だったので、わたしだけ降ろして行ってしまいました……まだ見えるかしら？」

管理人さんは遠く東の空を見つめる。ココアたちも同じように見つめた。

青い空にオレンジ色の丸いモノが、小さく見える……あれがアリアの気球かな？

「これで、すべての謎は解けたニャ」

名探偵ピンクは、うんうんうなずきながら言う。

「すべては『そっくり』がキーワードだったのニャ！　管理人さんと島の管理人さんは『そっくり』がきっかけで仲良くなったニャ。そして仲良くなったから管理人さんは、ユクモ村へおつかいに行った……これが、『消えた管理人さん』の真相ニャ」

「あらまあ。わたしって謎になってたんですか」

謎でしたとも。

まさかそれが、管理人さんの最後の姿になるなんて、ココアたちは夢にも思っていない……と、煽っちゃうくらいには。

「そして、プーギーが消えたり現れたりする謎。あたしたちはプーギーは一匹だと思っていたニャ。でもチガウニャ。プーギーはたくさんいたのニャ。『そっくり』だから別のプーギーを見ても気づかニャかったのニャ」

「なるほどですニャ！　キーワードは『そっくり』……まさに!!」

ココアも感慨深くうなずいた。

「そっくりと言えば、ココアさんとポンズさんも、なんだかそっくりですね。今みたいに同じ装備だと、特に」

管理人さんに言われ、ココアとポンズは改めてお互いを見た。

ココア色とミルク色のツートンカラーの毛並みで、同じジンオウネコ装備。

「管理人さんたちほど似てるわけじゃないと思うニャ」

ポンズはあまりぴんとこないみたいで、「ふにゃ?」と首をかしげながらそう言う。

「あ、その仕草、ココアもよくやるニャ」

「ふにゃ？」

「ニャ？」

ポンズとココアは、二匹並んで同じように首をかしげた。

「キーワードは『そっくり』……さすがピンクちゃん、深いこと言っちゃったニャ」

と、なんだかもうすっかり「終わっちゃった」感じで盛り上がっているけれど。

「待ってくださいニャ。すべての謎は解けた、って、まだネロさんの謎が残ってますニャ！　いちばん最初に消えたネロさんはどうなるんですニャ？　幻のプーギーの呪いじゃないなら、なぜネロさんは……！」

そう言いつのるココアの背後から。

「あー、やっと出て行ける〜〜」

なんだか疲れた様子のネロが現れた。

「ネロさん!?」

「あーあ、ついに出てきちゃったニャ」

「どこにいたんですか？」

驚くココアたちの前で、ネロはぺたんと座り込んだ。

「は〜、疲れた〜〜。ずっと隠れてるのも楽じゃない」

「隠れてた？　どうしてですニャ!?」

「だってさ、『幻のプーギーをつかまえようとすると、こわいことが起こる』って聞いたらさ、なんか盛り上げちゃおうかな〜って思うじゃん。思うだろ？　な？　な？」

　そういえばネロだけが、「なーなー、こわいことってなんだろうな？」とこだわっていたような……。

「軽い気持ちだったんだよ。ほんと、ただのいたずら心でいなくなったフリをして、みんながこわがったり心配している最中に、『わっ!!』と飛びだして、『びっくりしたろ〜〜』ってやるつもりだったんだよ」

　ネロは言い訳満載で事情を話し出した。

「それなら、さっと出てきてくれればいいじゃないですかニャ。なんでこんなに長い間引っ張るんですかニャ」

「だってお前ら、ぜんぜんこわがんないし！　心配しないし！　出て行けるわけないだろ〜〜!!」

ネロはじたばた。

言われてみて、ココアたちは顔を見合わせる。

ネロがいなくなっただけだと、ぜんぜんこわがっていなかったし、心配していませんでした。

プーギーの呪いとも関連づけて考えなかったし。

本気でこわくなったのは、管理人さんがいなくなってからだった。

「で、まさか管理人さんがいなくなるとは思ってなかったからさ。え、マジかよ、こんな展開になっちゃうと、今さらオレ、『ドッキリで〜す』なんて出て行けないじゃん。オレって空気読んじゃう方だからさ。どうするよ!?」

ってことで、出るに出られなかったらしい。なんておバカな。

「仕方ないから、ずっとココアたちの後ろをついて回ってさ……タイミングを計って、『オレは無事だぞ〜〜っ』って登場しようと思ってさ。チャンスを逃さず飛びだして行けるように、つかず離れず、様子をうかがってだな……」

「背後に気配を感じることが何度かあったんですがニャ……あれって……」

「あ、オレだわ。ココアが振り向くたび、隠れんの大変だったー」

って、そこはドヤ顔するところじゃない！

「もーっ、なにやってんですニャ！」

「その、時間が経てば経つほど、どんどん出にくくなってだな」

「そりゃまあ、そうでしょうねえ」

「ニャハハハ。すっごくネロっぽい行動ニャ」

「ていうかお前らさ、管理人さんが登場してからもオレのこと思い出すの遅すぎ！　いつオレの話になるのかって、そこの茂みからずっとずっと様子うかがってて、首が凝っちまったぞー」

不自然な姿勢で耳だけ突き出して、ココアたちの話を聞いていたらしい。

「ネロさんのことだって心配してましたニャ！　ひどいですニャ、もっと早く出てきてくださいニャ！」

ココアは本気で心配していたんだから。

「うんうん、ごめんなー」

というやりとりを横目に、ピンクは、

「ニャハハ。ニャにはともあれ、みんな無事で良かったニャ」

と笑っている。

そういえばピンクは、ネロのことをまったく心配していなかったよね？　心配するのは管理人さんのことだけ。わざとかってくらい、ネロのことを口にしなかったよね。それって？

つまらないいたずら心で仲間を心配させるネロには、お灸が必要だよね？　……てなことは、ココアはまったく気づいていない。

これでほんとうに、すべての謎は解けた。

ココアたちは仲間たちとの再会と無事を喜び合い、ついでにかわいすぎるプーギーを愛でる、しあわせな時間をすごした。

「プーギーを連れて帰るのはやめますニャ。この子たちは、ここでしあわせにすごしているし、ぽかぽか島のアイルーみんなの癒しなんですニャ」

ココアがそう言うと、ピンクたちも賛同した。

「そうしてくれると、助かるニャ。探索の最中、プーギーに出会えるとほっこりうれしくなって、力をもらえるからニャ」

ポンズもうれしそうだ。

「なんか『ハッピーエンド』って感じニャ」

「よーし、みんなでぽかぽか島へ帰ろうぜ」

めでたしめでたし。


……と、いくはずが。

プーギーたちのいる安全エリアを出た途端、ココアたちの目の前に、黒い影が降り立った。

「ニャ？」

まさかの大型モンスター現る!!　黒い姿が夕陽をあびて神々しく……そして、おそろしく、ココアたちの前をふさいでいた。

えええっ、いきなりピンチ!?

11 仲間とともに

「ラージャン!?　よりによって……!!」

ポンズが叫ぶ。

「ラ、ラージャン?」

目の前のモンスターは、ラージャンというらしい。

全身は漆黒の体毛に覆われ、頭部からは大きな角が二本生えている。盛り上がった太い腕は、それがおそろしい武器なのだと誇示しているかのようだ。

もちろん、ラージャンはココアたちを襲うために現れたんじゃない。小さなアイルー相手に、わざわざそんなことしない。どこかからジャンプしてたまたま着地したところが、ココアたち一行の目の前だった。

ココアたちも茂みを出たところで、周囲を警戒する間もなく、突然目の前に降ってこられた形だ。

不幸な偶然だった。出会い頭のアクシデント。

目がバチッと合っちゃったもの。

大型モンスターといっても、ラージャンは先日のリオレイアほどは大きくない。ちょうど着地で前かがみだったせいもあって、ココアたちと目線が合ってしまった。

ラージャンは縄張り意識が強く、攻撃的な性格のモンスター。こんな風に間近で目を合わせちゃったら、まずいって！

「わわわわわ、どどうすんだ」

「どうもこうもニャいニャ。に、逃げなきゃ」

「で、でも、わたしたちが逃げるより、あの大きな腕の一振りの方が速いんじゃあ……」

みんな震え上がっていて、アタマは真っ白。とっさに動けない。

「わたしが……」

それでもなんとか言葉を絞りだそうとしたココアの声に被せて、

「ボクがなんとかするから、みんなはその間に逃げてニャ！」

ポンズが言う。

「ニャ？」

こういうとき、みんなに「逃げて」と言うのは、ココアの役目だった。ココアになにができるかわからなくても、とりあえず立ち向かう。逃げて済むときは一緒にきゃあきゃあ逃げるけど、本当にもうダメだってときは、ココアがみんなを背中にかばう。

ずっとそうだった。

それが今は、ポンズの役目なんだ。

「なんとかって、どうするんですか」

「むちゃニャ」

「むちゃだけど……ボクはモンニャン隊のオトモアイルーニャ」

そう言いながら、ポンズは近くにあった大岩を持ち上げる。

「え、その岩、動くニャ？」

持ち上げるなんて考えることもふつうはしない、背景の一部だった岩を、ポンズは持ち上げていた。さすがに苦しそうで、ふるふる震えているけれど。

ラージャンもまさかアイルーが岩を持ち上げるとは思っていなかったようで、ぎょっとしたようにポンズに注目している。

「さあ、今のうちニャ！」

ポンズに言われ、ココアたちはあわてて走り出した。

プーギーの楽園に逃げ込む？　あそこはモンスターの入れない安全地帯かもしれないけど、もしそうでなかった場合、ラージャンを誘導したことになってしまう？　ダメだ、そんなことはできない。

ココアたちは木立の中に飛び込み、ラージャンの視界から消えるように努めた。

そこから様子をうかがえば、ポンズの持ち上げた岩を、ラージャンが太い腕で粉砕しているところだった。

「すご……っ」

「こわいですニャ」

太い両腕をぶんぶん交互に振って、攻撃してくる。ポンズは岩を盾のようにしていたけれど、すぐに粉々にされてしまった。

岩を失ったポンズは、わざとココアたちのいる木立とは反対方向へ逃げた。ラージャンはそれを追って行く。

「ポンズさん、大丈夫でしょうかニャ」

ココアたちからは、見えなくなってしまった。

「ポンズは経験豊かなモンニャン隊ニャ、きっと大丈夫ニャ」

自分に言い聞かせるように、ピンクが言う。不安だからこそ、大丈夫だと言うんだ。

「ポンズってなんかココアと似てるなー」

ネロが無理に明るい声を出した。

「姿が似ていると思いましたけど、それだけじゃないんですね」

「あの怪力ニャ？　この前、ポンズがモンスターを持ち上げてるのを見たニャ。どこのココアかと思ったニャ」

みんなもあえて楽しそうに会話に乗る。

「…………」

それを聞きながらココアは、なんだかどんどん気持ちが沈んでいった。さっき、ポンズと二匹で幻のプーギーをさがしていたときの、しょんぼり感がよみがえってくる。

「ぽかぽか島のココアってとこかな！　ピンチはポンズに任せておけば大丈夫、てか」

ネロはそう言って笑った。

「それって……ポンズさんさえいれば、わたしはいなくてもいいってことですかニャ」

さっきも同じことを思った。自分とそっくりなポンズがココアよりずっとずっと頼もしくて、自分がとってもとってもダメダメに思える。

さっきは思っても、口に出すことはなかった。だって、ポンズ以外に誰もいなかったもの。今は話せる相手がいるから、口に出した。

そして、口にした途端。

「ニャにバカなこと言ってんの！」

と、ピンクに思い切り背中を叩かれた。

そりゃあもう、間髪を容れず。即行で。

あんまり思い切りだったので、ココアはぺしゃんと顔から地面に倒れた。

「疲れてるんですね、村に帰ったらとっておきのお茶を淹れますから、ティータイムにしましょうね」

管理人さんは倒れたココアをのぞき込む。

「え？　え？　オレそんなつもりで言ってないぞ？」

ネロはおろおろ。

ピンクにどやされて。倒れたココアを取り囲んで、三者三様の仲間たち。誰も、手を差し出さない。その顔を見回して、ココアはだんだん笑えてきた。

「ニャはは……はは、ははは、はははっ」

ココアは笑い出して、立ち上がる。

そして仲間たちは、立ち上がったあとのココアに手を差し出してくるんだもん。立ち上がったあとかよ！　と、突っ込むことはココアにはできない。ココアはツッコミ修行中の身ですから、そんな機転は利かない。だから大真面目に、

「わたしは、このまま逃げるのは嫌ですニャ」

仲間の手を握り、自分の意見を言ってみる。

「ねー？　やっぱこのままポンズに任せっきりってイヤよニャ？　あたしはヤだニャ」

「自分たちだけ逃げるのは嫌ですね」

「あー、オレは逃げてもいいかなーと思うんだけど、でもまあ、やっぱ、うん、嫌だな」

四つの手が「よっしゃ！」と合わさって。

「ポンズさんを、手助けしますニャ!!」

誰かにまるっと任せてしまうのではなくて。自分たちの、できることをするんだ。みんなみんな、なにかできることってあるよね？
だってみんな、一匹ずつチガウんだから！
ココアは、着ていたジンオウネコ装備を脱ぎ捨てた。ポンズと同じ装備、鏡みたいに「そっくり」だった鎧兜を脱ぐ。

「わたしは、わたしですニャ！」

装備を脱げば、いつものココアだ。赤い蝶ネクタイをぴんっと結び直し、胸を張る！
ココアは、ココア。他の誰でもない！

……脱ぎ捨てた、と言っても、本当に捨てていくわけじゃないよ。借りたモノは大切に、きちんと返しましょう。ココアは脱いだ装備をひとまとめに布でくるんで、持ち運ぶことにする。……せっかくかっこよくキメた……はずが、こんな風に最後までキマらないのが、

いかにもココアだよね。

「いくらポンズさんがモンニャン隊でモンスター慣れしてるからって、一匹では苦戦するに違いないですニャ」

「モンニャン隊はチームで狩猟するんだもんニャ」

「仲間は大切ですよね」

「オレたちもチームだよな」

一匹じゃできないことも、できてしまうのがチームだ。

「みんなで協力して撃退するんですニャ。小さなアイルーも、知恵と勇気で大型モンスターに立ち向かえる……あ、船の中でネロさんが話してくれたいいお話と同じですニャ！」

「え？」

「ひとつ目の巨大モンスターの話」

「ああ、船底に隠れた仲間たちが、ネロを助けてくれる話ニャ？」

「待て、ぜんぜん話違ってるぞ？」

「仲間が力を合わせることの大切さを、語ったお話ですニャ」

「ぜんぜんチガウんだけど……もういいよそれで」

みんなで、力を合わせる……じゃあ、どうする？　ココアたちに、なにができる？　ポンズのようにモンスターに直接立ち向かうことはできない。

それ以外でできることって？

「あのう、とりあえず、自分の得意なことをしませんか？」

管理人さんが微笑んで言う。悩んでいる時間はないんだから、ここはひとつシンプルに行きましょう。

「得意なこと？」

ココアとピンクは顔を見合わせる。ネロはキョロキョロしている。

できないこと、苦手なことをしても仕方ない。

できること、得意なことをしましょう。

12 ポンズを助けろ!!

実際、ポンズは苦戦していた。

「ボク一匹でラージャンとか、絶対無理ニャ」

モンニャン隊五匹がかりでも、難しい。

ラージャンはたくましい腕でがんがん攻撃してくるし、岩まで投げてくる。素早い上に力も強いモンスターだ。

ポンズの取り柄も怪力なので、得意分野がかぶっている。

そして、アイルーとラージャンじゃあ、そのかぶっている得意分野だって、ラージャンの方が上に決まっている。

ポンズは逃げるだけで精一杯。かわすだけで精一杯。攻撃なんかできないよ、そんな余

裕(ゆう)ない。でも、このままじゃあ、いずれ体力(たいりょく)がもたなくなる……逃(に)げられなくなったら、

そのときは……。

「はあ、はあ、はあ」

避(よ)けて、避(よ)けて、避(よ)けて。

「うわっ、とっとっと」

逃(に)げて、逃(に)げて、逃(に)げて。

ラージャンの攻撃(こうげき)は、どんどんポンズを追(お)い詰(つ)めていく。ポンズのヒゲ先(さき)をかすめて腕(うで)が振(ふ)り抜(ぬ)かれていく。転(ころ)がって逃(に)げた先(さき)に、さらに重(おも)い一撃(いちげき)が降(ふ)る。ぎりぎりかわしても、

地面(じめん)が揺(ゆ)れてとっさに動(うご)けないほどの。

「ダメニャ……！」

ふらついたポンズの上(うえ)に、黒(くろ)い影(かげ)が迫(せま)る。

ポンズ、絶体絶命(ぜったいぜつめい)!!

「いい加減(かげん)にしなさ――――いっ！！！」

そのとき、とてつもない大声が響いた。

それこそ、樹海中に響き渡るくらいに。

ラージャンは攻撃の手を止め、そのままの体勢で静止した。なんの声かわからなかったんだろう。きょとんとしている。

びっくりしているのは、ポンズも同じだ。

「なんだニャ？　今の声……」

樹海の中にこんな大声が響き渡ることなんかありえないから、ポンズは混乱する。

でも、続いた言葉はさらに、ポンズの理解を超えていた。

「おじいちゃん、いつもぐーたらしてないで、少しは働きなさ――――い！」

おじいちゃん？

「寝転がってものを食べるのはやめなさ――い!!」

「洗濯物を部屋に溜め込むのもやめなさ――い!!」

「たまにはおそうじしなさ――い！」

同じ声が、次々と叫び続ける。

でも、意味がわからない。樹海の真ん中で、叫ぶような内容？

「なんなんだニャ……？」

ラージャンもわけがわからないのだろう、苛立ちの見える様子で、声の聞こえてくる方に向かって跳び去っていった。ポンズには、すっかり興味を失って。

「ふにゃ？？？」

残されたポンズは、首をひねる。なにもわからない。

唯一、わかったことは。

「その『おじいちゃん』ってのが、かなり残念な存在だってことニャ……」

わかったところで、なんの価値もない情報だった。


「ふう」

管理人さんは、大きく息をついた。

次の瞬間、固く大きな葉っぱを巻いて作った即席の拡声器を捨て、一気に走り出す。ここにいたら危ない、すぐに離れないと。

「久しぶりに大声を出せて、ストレス解消ですねー」

にっこり穏やかな管理人さんは、実は超大声の持ち主である。

謎の大声がした方向へ進んでいたラージャンは、途中で向きを変えた。

別に、気になるモノを見つけたからだ。

「あと少しニャ、あと少しニャ」

ピンクは器用に樹のツルを編んでいく。菜園家のピンクは植物の扱いに慣れているし、手先の器用さと物覚えのよさは自慢できるレベル。

「……わーい、完成ニャ！　ピンクちゃんマジ器用！」

そう言ってピンクは編み上げたものをぱさっと広げた。

それは大きな網だった。

その横に、ばらばらといろんな大きさの石が積み上げられた。

ココアが運んできたんだ。そりゃもう、いっぱい。

「用意はいいですかニャ？」


「どわあああっ、なんでオレを追ってくるんだ〜〜!!」

ラージャンに追われながら、ネロがものすごい勢いで走ってくる。

ネロはいつにない機敏さで、左右にラージャンをかわしながら走っていた。

ラージャンの巨体は信じられないくらい、素早く動く。前に後ろにジャンプし、逃げる者を翻弄する。

「助けてくれ〜〜！」

「ネロ、ナイス囮ニャ」

「ネロさんは罠を仕掛けるって言ってませんでしたかニャ？　囮になるとは聞いてませんけど……」

「いいニャ、そんなのどっちだって」

うん、結果的に囮になってくれて助かったし。

「う〜〜——……んっ」

ココアは満身の力で、網を引っ張る。

ピンクが編んだ網だ。網を結びつけた木が、大きくしなる。

網に入っているのは、大小様々な石。

ピンクとココアが作ったのは、網を木に結んだ即席の投石機だ！　ぽかぽか島の投網マシーンがヒントになったんだ。

視線の先に、ラージャンが入る。

「今ニャ！」

ピンクの合図で、ココアは網から手を離した。

ラージャンの上に、大量の石がばらばらと、雨のように降りそそぐ!!

大きな岩ひとつではなく、いろんな大きさの石をたくさんにしたのは、ラージャンに当たりやすくするためだ。もっと標的が大きければ当たる確率も高いけれど、ラージャンはリオレイアのような翼は持っていない。また、動きが素早く激しいので、できるだけ広い範囲を攻撃したかった。

それで、石いっぱい雨あられだ。

「当たったぁ〜〜！」

かなりの量が、ラージャンに当たった。

大型モンスターに、アイルーが運べる程度の大きさの石をぶつけたからって、どうにもならない。でも、どうやら目に当たったようだった。怒ったラージャンは、こちらに向かってすごい勢いで走ってくる！　……でもすでに、ココアたちはそこにはいなかった。

石を投げた瞬間、ココアたちはだーっと違う方向へ逃げていたんだ。けど、目がうまく開いていない今のラージャンは気づいていない。

「やったニャ！」

「はい、みんなのおかげですニャ！」

「うまくいって良かったですねえ」

「あー、危ないところだった〜。ラージャンもだけどさー、石も危なかったぜ、当たるかと思った〜〜」

決めてあった集合場所で、ココアたちは落ち合った。

探索に来たとき、プーギーを見かけた場所だ。モンスターがいなくて、きれいで落ち着いた水辺。

「管理人さん、なんかいろいろ心の声を叫んでなかったニャ？」

「あら、聞き取れました？　大声を出して、ラージャンの関心をポンズさんからそらせるだけだから、『あ〜』でも『ヤッホー』でもなんでも良かったんですけど……なんでもいいからこそちょっと、心の声を響かせようかしら、と」

管理人さんはかわいく笑って言う。

「心の声だけあって、とても臨場感あふれた叫びでしたニャ」

管理人さんのおじいちゃん……「これからの村」の長老は、ほんとにぐーたらだからなあ。

「ネロさんは罠を仕掛けに行ったんじゃあ……？」

「そうだよ、聞いてくれよ！　オレはがんばっていっぱい罠を仕掛けてたんだ。ラージャンが脚を取られて転ぶように、草を結んでだな……」

罠、といってもそれは、草を結んで脚を引っかけやすくするだけのモノ。ちっぽけないたずら程度のモノなので、ラージャンに効き目があるかどうかはわからない。でも、各自できることをやるのだから、ネロは精一杯草を結び続けていた。

「そしたら、いきなりラージャンが来るんだよ！　せっかくの罠ガン無視で、オレを追いかけてくんの！　なんで？」

そりゃあまあ、そんなつまらない罠に引っかからなかった、ってことだよね。そして、罠の出来映えはともかく、草を結び続けるというおかしな行動を取っているアイルーに、不穏なモノを感じたんじゃないの？

「し、しかしだな、オレの勇気ある行動のおかげで、ラージャンをおびき出すことに成功したんだからな」

ネロの予定では、罠を順番に仕掛けて、ココアたちが待ち構えるところまでラージャンを誘導することになっていた。ひとつの罠に掛かったラージャンが怒って、一定間隔に仕掛けられた罠をたどってくる、という。

まあ、それが罠として認識してもらえるかどうかはともかく、草が一定間隔で結んであったら、「なんだこれ？」ってたどっていくよね。

「はい、ネロさん、すごかったですニャ」

「命懸けの行動だからな〜、海竜を倒したこのオレにしかできないことだなっ」

勝ち誇るネロに、ココアは素直に賞賛の目を向け、拍手をする。ピンクと管理人さんは顔を見合わせ、「ま、いっか」と拍手に加わった。

そこにもうひとつ、拍手が加わった。

「すごいチームワークニャ！　モンニャン隊にスカウトしたいくらいニャ！」

ポンズだった。

ココアたちの話を聞いていたらしい。心から感動したようで、力強く拍手している。

「モンニャン隊かぁ」

ぽかぽか島に着いた日、ポンズに言われたよね。ココアたちがモンニャン隊に入りたいと言ったとき、初心者には無理だ、という意味のことを。

だからこそ、余計にうれしい。認めてもらえたんだ！

「やったニャ！」

エピローグ

ぽかぽか島で過ごす予定は、もともと一週間。そのうち半分は、幻のブーギー騒動で終わってしまった。

後半は、その分さらにのびのびと、ブーギーとも戯れ、島のアイルーたちとも仲良くしてすごした。

そうやってあっという間に、滞在期間は終わりになった。

「お名残惜しいですわニャ」

「ええ、ほんとにお別れは寂しいです……また遊びに来ますね！」

「今度はわたしが『これからの村』に遊びに行きますわニャ！」

「待ってます！」

二匹の管理人さんは、また向かい合って鏡ごっこをしている。ほんとに仲良しだ。

「またいつでも来てくれニャ。待ってるニャ」

ポンズとモンニャン隊のアイルーたちも、そろって見送ってくれるようだ。

交易家のアリアが、気球で迎えに来ることになっている。もうそろそろ、やってくる頃。

その最後の最後になってまた、ネロが語り出す。

「ところでみんな、忘れてないか？　オレたちがぽかぽか島にやってきたのはだな、幻のプーギーをさがすためじゃなくてだなー、オレ様が海竜を倒したのは法螺話じゃない、その証拠に、モンニャン隊というモンスターと渡り合うアイルーたちがいるって話で……」

「じゃあネロさん、海竜を倒してみてくださいニャ」

「い、いや、いきなり倒せと言われてもだな……心の準備が……じゃない、海竜なんて、そうそういないし、もう『これからの村』に帰るところだし」

案の定ネロはしどろもどろ。

そのとき、

「わ――!!」

「あれはなんなんだニャ!?」

と、たくさんのアイルーたちから声が上がった。

「おっ、なんかあったみたいだぞ」

旗色の悪いネロは話を逸らし、そちらへ駆け出してしまう。

「あ、逃げたニャ」

「わたしたちも行ってみましょうニャ」

ココアとピンクもあとに続いた。

投網マシーンのある桟橋で、アイルーたちが騒いでいる。

「どうかしたんですかニャ？」

みんなの後ろから海をのぞき込むと……信じられないくらい大きな魚影が網にかかっているのが見えた。今まで見たどんな魚よりも大きい。

「カルチャーショックですニャ！　あんな大きなお魚がいるんですニャ！」

ぽかぽか島に来るときに、大きな魚を見てびっくりしたけれど、その比ではない。圧倒的に、目の前の魚影の方が大きかった。

「すごいニャ、あんなの見たことがないニャ」

ポンズも感心しているくらいだから、ぽかぽか島でもはじめてのことなんだろう。

「よーし、ここはオレに任せろ！」

いいところを見せたいネロが、網のロープを握るアイルーたちに加わった。だけど。

「わわわわ」

ネロが加わったからといって、どうにもならない。他のアイルーたちと一緒に、簡単に海の方へ引きずられてしまう。

「くっ、やるな……。オレ様を手こずらせるとは」

ネロは大きく脚を踏ん張ってがんばるけど……。

「ねえあれって、ネロさんけっこう邪魔になってません？」

「なってるニャ。ネロがカッコつけて派手に場所を取ってるせいで、これ以上他のアイルーが入れニャくなってるニャ」

手伝おうと集まってきたアイルーたちは他にもいるんだけど、ロープを握ることができず、周囲で見守っている。

「うわー、無理ニャ！」

「助けてニャ！」

網の魚影がばしゃんと大きく動き、ロープを握っていたアイルーたちは思わず手を離してしまった！

「ええぇっ、そんな⁉」

残ったのは、ネロだけ。張り切ってロープを腕に巻きつけていたので、振り払われない代わりに、逃げ出すこともできない。見る見るうちに引きずられ、桟橋の端でなんとか踏みとどまっている状態！

「たっ、助けてくれ〜〜‼」

このままだと海へ落ちてしまう！

「まかせてくださいニャ‼」

ココアがロープを握るなり、

「ニャ〜〜‼」

すごい力で引っ張り出した！

「すごい怪力ニャ」

ポンズが、自分のことは忘れて、感心している。

魚とココアの力は均衡、ロープはぴんと張って動かなくなった。力の拮抗した綱引き状態。動かない、動けない。

でもついに、ロープが動いた。

「とぉりゃ〜〜っ」

ココアが怪力一発、網をぶわぁ〜〜っと引き上げた！　この力比べ、ココアの勝ちだ！

すると。

網に捕らわれていたのは、魚じゃない。

水の大型モンスター、ガノトトスだ!!

「カルチャーショックですニャ!!　ガノトトスが網に掛かるなんて！」

他のアイルーたちもみんな、びっくりして尻餅をついている。なかでもネロは「あわわ……」状態。

まさかモンスターが捕獲されちゃうなんて……！

みんながいっせいに、ココアに賞賛の目を向けたとき、当のココアときたら。

「すごいですニャ、ネロさん！」

ぺったり座り込んだネロのところに行って、瞳キラキラ誉め讃える。

「ネロさんがつかまえたんですニャ！」

たしかに最後までロープを握っていたのはネロだけど……この場合、ネロの手柄とは到底思えないんだけど……ココアは心底感動している。

ココアは以前ガノトトスに遭遇したことがある。そのときのガノトトスと比べて、今引っ張り上げたガノトトスはかなり小さかったけれど、ガノトトスであることには間違いない。すごいすごい！　ココアは興奮中。

「はっ、そうですニャ！　ネロさんは海竜を倒した男。だからこうしてガノトトスをつかまえられたんですニャ！　やっぱり海竜を倒した男はすごいですニャ!!」

「え？　え？　そ、そうかな……」

ココアがあんまり誉め讃えるもんで、周囲のアイルーたちもみんな、ネロに対して拍手をはじめた。

正確に言うとガノトトスは海竜ではなく水竜と呼ばれていて、「ガノトトスを倒した＝海竜を倒した」ことにはならないんだけど、そのへんココアは深く考えていない。

「やっぱすごいよな、うん。なにしろオレは海竜を倒した男・ネロだからなー」

「はい、本当だったんですニャ、海竜を倒したのって」

「そうそう、本当だったんだぜ、……って、信じてなかったんかい！」

ネロのツッコミが入り、ココアは「ニャ？」と首をかしげる。

島のアイルーたちは、どっと笑った。

「ニャハハ、ココアは突っ込まれるばっかで、今回ぜんぜんツッコミ修行できてニャいニャ」

「お笑いの道はきびしいですねえ」

って、もしもし？　ココアは村長見習いであって、芸人見習いじゃないです。

なにはともあれ、最後の最後に、ぽかぽか島のアイルーたちをわっと沸かせることができて良かった。

みんな笑っている。みんな楽しそう。

それが、ココアにはうれしい。

「あ、アリアさんの気球が見えました！」

管理人さんが空を指さす。

アリアのオレンジ色の気球が近づいてきた。

さあ、ついにぽかぽか島とはお別れだ。


そして、ココアたちは帰路につく。

「また遊びに来てニャ〜〜！」

「絶対また来ますニャ!!」

空の上と下とで手を振り合って。楽しかったね。友だちが増えたね。

見る見る下界が遠くなる。ぽかぽか島が遠くなっていく。

「小さくてカワイイ島ニャ」

「お菓子みたいですニャ」

青い海に浮かぶ、白い島。

「ウフフ♪　いい旅だったみたいね。だから旅はやめられないのよ。ウフフ♪」

サングラスにスカーフでキメたアリアが言う。

「はい……いい旅でしたニャ」

ココアも、そしてみんなも、うなずいた。

いい旅だった……それは仲間がいて、帰るところがあるからだ。

さあ、「これからの村」に帰ろう。

角川つばさ文庫

相坂ゆうひ／作
大阪府在住。血液型はA型。ゲームのノベライズを多く手掛けている。代表作は角川つばさ文庫「明日もずっと♥ラブ友」シリーズ、『モデル☆おしゃれオーディション めちゃドキ読㊄デビュー!!』。

マーブルCHIKO／絵
２人組の女性ユニットイラストレーター。イラスト、マンガも手掛ける。主な作品として「あくにゃん」（キャラぱふぇ）がある。

角川つばさ文庫　Cあ1-13

モンハン日記
ぽかぽかアイルー村
やってきました、ぽかぽか島!!

作　相坂ゆうひ
絵　マーブルCHIKO

2015年1月15日　初版発行
2016年2月19日　４版発行

発行者　塚田正晃
発行所　株式会社KADOKAWA
〒102-8177　東京都千代田区富士見 2-13-3
03-3238-8521（営業）
http://www.kadokawa.co.jp/
編　集　アスキー・メディアワークス
〒102-8584　東京都千代田区富士見 1-8-19
03-5216-8380（編集部）
印　刷　大日本印刷株式会社
製　本　大日本印刷株式会社
装　丁　ムシカゴグラフィクス

ISBN978-4-04-631474-1　C8293　N.D.C.913　202p　18cm

読者のみなさまからのお便りをお待ちしています。
いただいたお便りは、編集部から著者へおわたしいたします。

星のカービィ
あぶないグルメ屋敷!?の巻

作／高瀬美恵
絵／苅野タウ・ぽと

カービィは、プププランドのはずれにあるグルメ屋敷のパーティに、ごちそう目当てでこっそり乗り込むことに！ でも、そこでは思いもよらないことが待っていて……!? ここでしか読めない、カービィの冒険が始まるよ☆

モンハン日記 ぽかぽかアイルー村
爆笑!? わくわくかくし芸大会ニャ!

作／相坂ゆうひ
絵／マーブルCHIKO

村長見習いをしているココアは、長老から頼まれて、かくし芸大会を開くことに。さらに、ココア自身もかくし芸を披露することになってしまう! みんなのかくし芸を見せてもらいに村をまわるけど、なぜか大騒ぎになって!?

星のカービィ
くらやみ森で大さわぎ!の巻

作／高瀬美恵
絵／苅野タウ・ぽと

幻のフルーツを食べるため、危険なウワサのある「くらやみ森」へと向かうカービィたち一行。だけど、デデデ大王もあやしい3人組といっしょに幻のフルーツを狙っていて…!? コピー能力をつかって、カービィが大活躍!!

マイメロディ
マリーランドの不思議な旅

作／はせがわみやび
絵／ぴよな

森の野原で開かれているお祭りで、気球にのせてもらうことになったメロディたち。空からのマリーランドの風景を楽しんでいるうち、気球の空気がぬけてきてしまって!? メロディやクロミが活躍するオリジナルストーリー！

星のカービィ
大盗賊ドロッチェ団あらわる!の巻

作／高瀬美恵
絵／苅野タウ・ぽと

カービィは、古びた神殿の中で大きな卵を見つける。ケガをして卵の面倒を見られない親鳥にかわって、卵を守ることになったカービィやデデデ大王たち。そんななか、大盗賊ドロッチェ団が卵を盗もうとやってきて……!?

シナモロール
シナモンのふしぎ旅行

作／芳野詩子
絵／霧賀ユキ

シナモンが屋根の上でぼーっとしていると、空から女の子がふってきた！ ポロンと名のった彼女と、シナモンは時空をこえた旅に出ることに。たどりついた先は過去の世界。友だちのご先祖様がピンチみたいだけど…!?

ほっぺちゃん
ウサ耳ちゃんとフェスティバル♪

作／名取なずな
カバー絵／サン宝石
挿絵／くまさかみわ

ほっぺちゃんは、元気いっぱいのウサ耳ちゃんといっしょに、町のフェスティバルのステージで歌うことに！ きんちょうで不安になるほっぺちゃんだったけど、ステージで大変なことが起こり……!?

ぷよぷよ
アミティとふしぎなタマゴ

作／芳野詩子
絵／こめ苺

プリンプタウンのふしぎな森で、謎のタマゴをみつけたアミティ。突然、タマゴが割れ、中からキュートな生き物が飛び出してきて!? 「ぷよぷよ」シリーズの人気キャラクターたちが登場する完全新作ストーリーだよ！

ほっぺちゃん
ネコ耳ファミリーのマジックショー★

作／名取なずな
カバー絵／サン宝石
挿絵／くまさかみわ

ホイップタウンにネコ耳ファミリーがやってきた！ ネコ耳パパは、有名なマジシャンで、ネコ耳ちゃんの自慢のお父さん。そんなネコ耳パパと、ほっぺちゃん&ネコ耳ちゃんはマジック対決をすることに!!

ぷよぷよ
みんなの夢、かなえるよ!?

作／芳野詩子
絵／こめ苺

アミティがみつけた小さな小箱。開けたら不思議なけむりが出てきて!? それからというもの、シグやまぐろ、ルルーたちみんなの様子がなんだかヘン！ アミティたちはシェゾと一緒に小箱を封印しようとするけれど……!?

ほっぺちゃん
ほっぺちゃん王国とふしぎなステッキ

作／名取なずな
カバー絵／サン宝石
挿絵／くまさかみわ

ほっぺちゃんとネコ耳ちゃんは、まいごの子を送りとどけるため、ほっぺちゃん王国へと向かう。王国では、『星祭り』に必要な「パールステッキ」を直す材料を集めることに。ほっぺちゃんたちが王国を大冒険するよ!!

ほっぺちゃん
よろしく☆ネコ耳ちゃん

作／名取なずな
カバー絵／サン宝石
挿絵／くまさかみわ

新しい町に引っ越してきたほっぺちゃんは、学校の裏にある森の中でネコ耳ちゃんに出会う。まだ友だちがいないほっぺちゃんは、ネコ耳ちゃんと友だちになりたいと思って……!? 友情ストーリー☆

つぎはどれ読む？

わがままファッション GIRLS MODE よくばり宣言！ エリナ☆ハッピーコーデ

作／高瀬美恵
絵／桃雪琴梨

ファッションの知識もないのに、コーデのセンスを認められて、突然セレクトショップで働くことになったエリナ。あるとき、店長のミキから思いもよらないお願いごとをされてしまって……!? 大人気ゲームのオリジナルストーリーです！

ディズニー ベストフレンドストーリー ミニー&デイジー

文／キャリオープ・グラス
訳／樹 紫苑

ミニーとデイジーは、とても仲良しのベストフレンド！ 学校の演劇「ロミオとジュリエット」のジュリエット役オーディションに申し込んだミニー。デイジーにも応援してもらったけれど、ジュリエット役に合格したのは!?

わがままファッション GIRLS MODE よくばり宣言！② おしゃれに大切なこと

作／高瀬美恵
絵／桃雪琴梨

セレクトショップの新人店長エリナは、参加したファッションコンテストでスタイリストのミズキのコーデに衝撃を受ける。自分らしいコーデとは何か、悩んでいるとき、出店したショッピングモールでミズキと再会して!?

ディズニー ベストフレンドストーリー ミニー&デイジー②

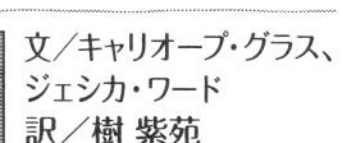

文／キャリオープ・グラス、
ジェシカ・ワード
訳／樹 紫苑

ミニーとデイジーは、フィギュアスケートの大会に出場することになったけど、メンバーが1人足りない！ 友達のナンシーがチームに加わったけど、実は彼女はスケートが全く滑れなくて!? 友情ストーリー第2弾！

わがままファッション GIRLS MODE よくばり宣言！③ 最高のコーデ&スマイル

作／高瀬美恵
絵／桃雪琴梨

セレクトショップの店長・エリナは、ついに世界的なファッションショー、ワールドクイーン・コンテストに参加することに！ 優勝すれば、パリにできるショップを任せられることになっていて!? シリーズついに完結!!

ミカルは霊魔女！① カボチャと猫と悪霊の館

作／ハガユイ
絵／ namo

友達が霊に取り憑かれ、大ピンチになったミカルのもとに現れたのは、カボチャ頭の霊ジャック・オー・ランタンだった！ 彼と契約して「霊魔女」に変身したミカルが、悪霊退治で大活躍するよ！ つばさ文庫期待の新シリーズ開幕!!

角川つばさ文庫発刊のことば

角川グループでは『セーラー服と機関銃』(81)、『時をかける少女』(83・06)、『ぼくらの七日間戦争』(88)、『リング』(98)、『ブレイブ・ストーリー』(06)、『バッテリー』(07)、『DIVE!!』(08)など、角川文庫と映像とのメディアミックスによって、「読書の楽しみ」を提供してきました。

角川文庫創刊60周年を期に、十代の読書体験を調べてみたところ、角川グループの発行するさまざまなジャンルの文庫が、小・中学校でたくさん読まれていることを知りました。

そこで、文庫を読む前のさらに若いみなさんに、スポーツやマンガやゲームと同じように「本を読むこと」を体験してもらいたいと「角川つばさ文庫」をつくりました。

読書は自転車と同じように、最初は少しの練習が必要です。しかし、読んでいく楽しさを知れば、どんな遠くの世界にも自分の速度で出かけることができます。それは、想像力という「つばさ」を手に入れたことにほかなりません。

「角川つばさ文庫」では、読者のみなさんといっしょに成長していける、新しい物語、新しいノンフィクション、角川グループのベストセラー、ライトノベル、ファンタジー、クラシックスなど、はば広いジャンルの物語に出会える「場」を、みなさんとつくっていきたいと考えています。

読んだ人の数だけ生まれる豊かな物語の世界。そこで体験する喜びや悲しみ、くやしさや恐ろしさは、本の世界の出来事ではありますが、みなさんの心を確実にゆさぶり、やがて知となり実となる「種」を残してくれるでしょう。

かつての角川文庫の読者がそうであったように、「角川つばさ文庫」の読者のみなさんが、その「種」から「21世紀のエンタテインメント」をつくっていってくれたなら、こんなにうれしいことはありません。

物語の世界を自分の「つばさ」で自由自在に飛び、自分で未来をきりひらいていってください。

ひらけば、どこへでも。——角川つばさ文庫の願いです。

角川つばさ文庫編集部